U0029165

聖境之書 3

走入內心真我的潛能蛻變

聖境香格里拉

詹姆士·雷德非——著

張琇雲——譯

THE SECRET OF SHAMBHALA

BY

JAMES REDFIELD

【專文推薦】

聽見內在的神性

安一心（華人網路心靈電台共同創辦人）

「本是俱足的天堂早已存在心中」，這是一個不斷被作者強調的概念。你我往往誤以為要靠外在的物質來建構定義，所以四處爭奪堆砌，弄得頭破血流。

《聖境預言書》已經開啟了自我覺醒的歷程，《靈界大覺悟》儼然協助我們逐步地成長；現在以《聖境香格里拉》持之以恆，此時此刻的你，正掌握了打開內在神性的關鍵。

我推薦這本書，並當我的床頭書很多年。正是因為閱讀此書時，會隨著書裡文字的流動一同冒險，會讓我們連結到神性的光芒。這時候的我們，不知不覺地開心和喜悅起來，充滿了靈感、能量和幸福頻率。這時的我們，可以平衡自我與他人，可以調和負面與不安的情緒，可以做適當的決定與堅持。

【專文推薦】

一部受到天啟的靈性經典

周介偉（「光中心」創辦人／全民新意識分享者）

這真的是一部人類靈性發展的預言書！

在二十多年前（一九九六年），我首次讀到了本書中文版（遠流出版），當時只覺得此系列四書中的各境界神奇而有趣：從巧遇、能量爭奪、靈性直覺、人間天堂、身後世、出生憧憬、世界憧憬、祈禱能場到回歸神性。

二十多年後，驀然回首，自己從業餘愛好者變成專業心靈工作者的過程中，正好體悟見證了書中所述的各階段現象，都一一在人類世界中呈現：人類意識隨著地球能量持續多元省思而覺醒提升，整個物質世界宇宙皆是能量，人的精華本質是精神！

書中各種神祕現象則隨著量子力學的發展普及，得到了有力的科學佐證。

這絕對是一部受到天啟的靈性經典，推薦各位一讀！

【專文推薦】

共時性的教戰守則

彭芷雯（心靈作家）

十多年前，我離開了繁華若夢的金融圈，開始進入內在道路的追尋，《聖境預言書》曾是我的啟蒙書之一。怎麼也沒想到，後來就如書中的「預言」一樣，在共時性的機緣洪流引導下，去了馬雅、祕魯，在一個個外在的聖地得到啟發，進入一層又一層的內在聖境。走在內在道路上多年之後重看此書，竟然迸生更多的共鳴，讓我不禁讚嘆：「經典就是經典！」

每個人的人生都是一場追尋之旅，在過程中有許多的挑戰、困難與誘惑，有許多不知如何選擇的徬徨時刻。若能有張全像地圖，明確指引我們如何掌握生命之流，走出迷霧，這趟旅程不就能更輕鬆自在？在《聖境預言書》、《靈界大覺悟》、《聖境香格里拉》中的每個角色，彷若我們自身與生活周遭的人；裡面所描述的內外在過程，就是我們生活中時常遇見的課題，而一個個覺悟正是我們在這大千世界裡，如何泰然自若的般若心法！作者在《聖境新世界》裡，爬梳了系列書中提過的重要覺悟、啟發與應用，讓讀者能夠再次完整統合。

如果想活出最高版本的人生，【聖境之書】系列絕對是你必備的教戰守則！

【初版專文推薦】

真實不虛，信則存在

呂應鐘（身心靈合醫學教授）

本書是《聖境預言書》作者詹姆士・雷德非一九九九年底的作品，由於作者覺悟到人類的文化正向著探究人生與靈性覺悟之路邁進，而且他意識到有一種更高層次的心靈過程正在平凡的人類生活背後運作著，如同《靈界大覺悟》所言的十項覺悟，作者發現真正體驗到內在神性的經驗，正在等待著人類，而在進入二十一世紀之時，第十一項覺悟已翩然來到。

我閱讀雷德非的作品時，總是對書中的心靈層次描述充滿似曾相識的感覺，而且在閱讀的過程中，多半會有早已知曉的心得，甚至於會有「我知道的比他多」的想法，這也是可以理解的，因為雷德非作品裡的心靈體驗對我而言是家常便飯。

或許我是台灣極少數研究宇宙生命學、超心理學、生死學、心靈科學等領域的學者，多年來個人有相當多的體悟，再加上一些共鳴者的心得交流，我早已在許多演講場合提過：「二十一世紀是心靈世紀，人類的生活目標會從二十世紀唯物的科學邁向重視精神層面的心靈科學，人類的價值體系將會全盤改觀。」

因此，從《聖境預言書》到《聖境香格里拉》，雷德非的作品在我的心目中不是小說，而是醒世佳作。撇開書中的人物小說情節，整本書就如同宗教經典裡的教誨，他道出了人類久已忘卻的、應該重拾的、真實不虛的心靈方向。

或許會有不少讀者以小說的內涵閱讀這本書，讀過就擱在一邊，也許有短暫的心理感受，也許過幾天就忘記了，這是正常現象，也是可以理解的。因為他的書原本就是以小說的型態表現的，如果是沒有多少人生體驗的讀者，當然無法體會書中寶貴的心靈信息。

就以本書一些主題來說，如「禱告能場」是否真的存在且有其作用？我要肯定的說「真的存在」，禱告絕對有其神奇的力量。禱告時心智中的想法會透過腦波傳遞到宇宙中，而被高靈所接收，就如同空中播放的電台節目頻道被收音機接收使我們聽到一樣。由於宗教信仰的不同，有的高靈被稱為上帝，有的高靈被稱為神，有的被稱為佛，名稱雖有差異，其實都代表著宇宙間真實存在的高級生命。

貫穿本書的另一個主題是「身體能量」。那些西藏人要作者延展自己的能量層次，體會並練習提升身體能量，這種看不見的能量真的存在嗎？我又要肯定的說「真的存在」。由超心理學近年的研究發展得知，人體周圍真的有一層肉眼看不到的光暈（aura），此種光暈已可被克里安（Kirlian）攝影機拍出來，它會隨著心情的變化呈現不同顏色，健康時呈現金黃色，有病時呈現青色或灰色，正常高貴的人呈現紫色，憤怒時轉成紅色等等。

透過修煉，可以使身體能量增強擴大。修煉達到極高層次的聖人之能量極強，能讓一般肉眼看到淡淡的金黃色，這就是為什麼宗教畫像的神或聖人在頭部周圍都會畫上一圈黃圈。

書中出現「出離」這個概念，並說是佛陀傳遞的重要訊息，也是所有東方宗教提供給人類的禮物。其實「出離」就是我們時常聽到的「勿執著」三個字，這也是佛教的終極概念。想想看我們自己和周遭的人，是不是都很執著？有人執著於名位，有人執著於金錢，有人執著於女色，有人執著於虛榮，在這個世界上有幾個人能看透世俗的一切，而真的做到「放下」？我們人類真的如同香巴拉人所言：「外頭文化的生活，仍太過專注於物質，而不重視生命過程本身。」

幸好人類已從物質科技發展的二十世紀邁入會重視心靈的二十一世紀，在新世紀裡，作者點出「最具主導性的人類世界觀，絕對是個強大的信念與期望能場」，以及「所有宗教的最後統整」這兩個極重要的思想，令我拍案叫絕，與我不謀而合。因為我在這五年內的重點研究正是這兩個主題，除了經常訓練我自己的身體能量，增進信念，以及運用期望能場之外，更以科學理念切入研究東西方四大宗教教義，認為宗教將會質變，萬教將會歸一，人類對宗教的理念會有全然的改變，屆時只會剩下一個信仰，那就是人類徹底了悟生命的意義之後，宇宙高層生命的存在取代一切宗教形式。

「人與人的思想是相連的；我們的思想和期望會向外傳送，影響其他人，使他們也依循我們的方式思考。」如果我們向外傳送的是正面積極的腦波，整個社會理念就會逐漸向上提升，如果大家都向外傳送負面的腦波，那麼社會秩序就會往下沉淪。

我從理性的高層次能量角度來看一年來的台灣，發現並非上台執政的團隊欠佳，而是在野政客們為反對而反對，每天在立法院杯葛，一天到晚利用各種媒體發送負面思想波，使整個社會空氣中充滿動亂不安的因子，使整個國家的氣勢變弱，導致經濟蕭條、股市不振、產業難熬、失業大增等。如果從執政變成失勢的政客們能夠有一點點美國總統落選人高爾的民主風度，我相信今天的台灣社會絕對不會如此低迷。這一切就是書中所提的思想波的作用。的確如書中所言，「我們的思想與態度之所以重要，是因為它們能使我們美夢成真。」我誠摯的期望政客們也能體會貫穿本書的能量場觀點，大家都能有美夢，台灣就會更美。

這本書最重要的，也是作者的目的地，就是「香巴拉（香格里拉）」聖境，有人懷疑它到底存不存在？若是在西藏的某個地方，為何今天人造衛星如此發達會沒有拍到此地？用航空測量的飛機去做地毯式的搜尋，也應該能在西藏境內找到這一塊地區？

在作者尚未進入香巴拉之前，我腦子裡已經知道的香巴拉景象便油然生起。我知道那是一塊外界無法得知的超能量所建構的世界，可以說它是處在地球上的異時空區域，由於能場的作用，使得香巴拉四季如春，但是一旦能場被破壞了，立即變成冰天雪地。這是我在去年就經由奇特的聯繫所知道的香巴拉，只是我不知道是不是正確。

然而當我讀到第七章進入香巴拉的情節之後，我所擔心的正不正確心情慢慢沉澱下來，書裡所描述的竟然與我去年已知的一樣，書中也提到香巴拉居民是用能場來製造合適溫暖的環境，而且鮮花盛開，如此的正確，如此的熟悉，竟讓我一時百感交集。我不認識雷德非，不知道他是如何得知香巴拉的情景，而今閱讀這本《聖境香格里拉》，使我再一次印證了「真實不虛」的境界。

在此我要誠懇地告訴讀者，閱讀本書是在考驗智慧，考驗對生命的了解，考驗對宇宙能量的認識程度。它雖是小說，然而寧可將它視為以小說為表現手法的人生哲學作品。希望本書能帶給讀者增強能量的效果，成為二十一世紀開悟的人類。

【初版專文推薦】

承認靈光

王靜蓉（心靈治療師）

能為《聖境香格里拉》寫序，當然也是一樁同步事件。

宇宙間沒有意外，當我們的覺知愈來愈強，便會看見每一件發生在身邊的事都不是意外，正是恰恰好的安排。我的生活裡充滿著同步事件，我視之為向恩典的靠近；由於從事心靈療癒工作，透過給個案的機會，我有更密集的機緣觀察到意識能場的活動：

我們的意識與意識是怎麼牽動交流的？是如何地彼此提升或拉低能量的？怎麼樣才能提升自己的意識能場，以更高的振動頻率感染周遭的人？

這些你我每天面臨的大問題正是本書的訊息重點，雷德非在深思體會後於《聖境香格里拉》，提出久遠已存在、此時再復活的靈性洞見。

每回看雷德非的新譯作，就覺得他是一位特質與我很不同的作者，也與許多傳遞靈性訊息的作者風格不同，多數傳訊者通常會在行文間流露著放開來的、揮灑的、直觀洋溢的通靈者特質，但雷德非的社會學背景和人生憧憬，使他的著作中總有一種嗅得出來的謹慎緩慢、嚴肅、使命重大的氣息。剛開始，當我貼著他的節奏想耐心讀這本書，卻有點厭煩他怎麼安排了一位恐懼不安的主角在書中？受到夢的指引的他來到西藏，卻一直想要逃回美國、逃開他所處的當下。「真是沒有冒險精神！」我叨叨數落著。同時，卻被小說一開頭就出現的空行母吸引，隨著小說的進行一直看見西藏的連綿高峰，明亮發光的山峰呼喚我，令我想要前去西藏親近這神祕能場，是夜，便做了一個訊息簡潔的夢，有關我與西藏。

書中主角前去西藏尋找傳說中的香巴拉，香巴拉不是一個象徵，在這本小說中它是實存的地方，有一些頻率很高的覺醒的生命在聖境中，透過禱告能場將祝福傳給世界各地的人們。

這些覺醒的生命就是有緣讀到這本書的人，就是開始覺醒的你。

葛吉夫（Gurdjieff），當代完全覺醒的靈魂，他所延伸的第四道修行體系就提出：人是「醒著的睡著」，人是一部未覺醒的「機器」，常常處於無意識的狀態，你痛苦、衝突、快樂、抱怨、懊悔，因為你未運用「覺知」來觀察無意識的活動。好，現在你想要覺醒了，想從睡著清醒過來，首先，就是帶著覺知生活，你穿衣吃飯、歡喜悲傷，但你覺知在這些活動的背後是如如不動的你，神聖完美的你。

「覺知」，就是更高的振動頻率，當你面對一個能量低沉或挫折憤怒的人，若你認同這低能量，由於意念共振，能量馬上被降低。每個來到眼前的人就像一面鏡子，照出內在心象，雷德非在書中設計了中國軍人來反映我們內在本有、不覺知的恐懼和憤怒！每次的負向能量出現，都可用覺知力覺察到：這是一份陷阱，也是禮物，當你信任存在、承認靈光，跟著光亮走、信任內在本具的空行母一直在引領你，它就是禮物而非陷阱。你將有機會轉識成智，提升你的振動頻率，當你的愛的能場延伸出去，就能喚醒對象。

問題是，大多數的我們就耽溺在低頻中，不願出離，現在，雷德非的訊息出現，意味著這舊信念要丟掉了。想想看你耗費多少力氣在受傷恐懼中？害怕受傷又如何使你裹足不前？你是如何在恐懼中徘徊、喪失能量的？

好，你若決心丟了它，就得用心來提高自己的振動頻率，接受發生在你身上的情緒而非逃離，接受，就是轉化的開始，一轉化，振動頻率就被提高了。

覺知，就能提高振動頻率，當你望著眼前的人，不論他的外顯是邪惡或執迷，你都能信任並看入他的「神聖完美」，那時，你已身在聖境香巴拉。

當書中主角歷經辛苦終於進入香巴拉時，我也同步地進入那個能場，身體發出了驚喜的顫抖，主角呼吸到香氣和見到光亮，我也是被無限的光能場和香味所傳輸，香巴拉的景象太熟悉了，那就是內在大圓滿的某一種顯化！

雷德非以這本書呈現他的終極關懷——呼喚地球人帶著覺知進入祈禱能場，和神性相會、融合，並擴張開來給所有靠近你的人，也就是「用你的神性呼喚他人的神性」，「用你的佛喚起他人的佛」。人與人意識能場相連，透過氛圍靈光互相引動，你的覺知意識就能感染另一人。覺知的意識它遠離小我把戲，沒有個人的欲求，也不玩控制戲，覺知，帶領我們靠近恩典。

準備好了嗎？現在，就讓我們一起啟程前往聖境香巴拉吧！

作者序

我在寫《聖境預言書》和《靈界大覺悟》兩書時，堅信人類文化正經歷一連串探究人生與靈性的覺悟，往前邁進，而這些覺悟，是可用言語表達並形之於書的。自那時起所發生的每一件事，再再堅定了我此一信念。

我們逐漸意識到，有一種更高層次的心靈過程，正在平凡的生活曲目背後運作著。有此意識的同時，我們也摒棄了物質主義的世界觀——這種世界觀將人生貶抑為只求生存，不重視宗教傳統，而且使用玩具和娛樂來推開活著所帶有的神聖莊嚴。

相反的，我們想要的是一種充滿奧祕機緣與乍現直覺的生活，為我們這一生指出一條特殊的路徑，一種對資訊與專門知識特有的追尋——彷彿某種已設定好的命運正急著冒出頭來。這種生活，就像探索我們自身的偵探故事，而抽絲剝繭後的線索，不久將帶領我們向前走過一個又一個的覺悟。

我們發現，真正體驗到內在神性的經驗正等待著我們。如果能發現個中關聯，我們就能更清楚自己的人生去向，獲得更多的直覺引導。倘若我們能克服令自己分神的習性，並以某種特定的倫理態度待人，同時忠於自己的內心，我們便會開始捕捉到有關己身命運、有關我們所能完成的使命的靈視。

事實上，獲得了第十個覺悟之後，此一觀念便更擴大到全範圍的歷史與文化。就某程度而言，其實我們每個人都知道，我們是來自於另一個神聖的國度，我們來到這個俗世的空間，是為了參與一項整體的目標：為了要緩慢地、代代相傳地，在這個星球上，創造出一個完全屬靈的文化。

然而，即便我們掌握到這則激勵人心的覺悟，另一則新的覺悟——第十一項覺悟——卻已翩然來到。我們的思想與態度之所以重要，是因為它們能使我們美夢成真。事實上，我相信，我們即將理解這一切，到了最後，我們心頭的意念、禱告，甚至不為人知的意見與揣測，不僅關係著自己能否在生活中成功，也關係著他人的成功與否。

本書以我個人的經驗，及發生在我們周遭的事件為基礎，闡明人類覺識發展的下一步驟。我相信，這個覺悟業已顯現於外界，迴旋在數千場於深夜時舉行的討論席間，而且就藏身在仍標示著此時代特徵的怨恨與恐懼情緒底下。如同以往，我們唯一的責任，是要先貫徹我們所知，然後向外擴展……將這則訊息綿延不絕地傳遞下去。

聖境香格里拉
The Secret of Shambhala

目錄

給梅根（Megan）與凱莉（Kelly），
他們那一代，必須有意識地進化下去

那時尼布甲尼薩王受了驚嚇，
急忙起身對謀士說……
我捆起來扔在火裡的不是三個人麼？
……看哪，我見有四個人，並沒有捆綁，在火中遊行，
也沒有受傷，那第四個的相貌，好像神子……
沙得拉、米煞、亞伯尼歌的神，是應當稱頌的，
他差遣使者，救護倚靠他的僕人。

——《舊約聖經・但以理書》第三章

1 意念能場

電話鈴倏然響起，我怔怔地瞪著電話，身體卻一動也不動。天知道我現在最不需要的，就是又一件讓我分心的事。我試著不理會電話聲，凝視窗外的碧樹和繁花，希望能沉醉在住處附近樹林蔭的秋色中。

電話鈴聲再次響起。我感應到一個模糊但擾人的影像：有人需要找我談。我很快地伸手拿起電話。

「喂。」

「我是比爾，」電話那頭出現熟悉的聲音。比爾是一位農業經濟學專家，我的花園一向都是他在幫忙照料。而他老兄就住在離我家幾百碼遠的山腰處。

「聽著，比爾，我能不能待會再打給你？」我說：「我在趕稿子。」

「你還沒見過我女兒娜塔莉吧？」

「什麼？」

他沒回答。

「比爾？」

「聽著，」這次他終於應聲回答：「我女兒想和你談談。我想可能是很重要的事。我不確定她是怎麼知道的，不過她好像對你的工作一清二楚。她對我說她有關於某個地方的資訊，而且你可能會對那個地方有興趣。好像是在西藏北部吧？她說那裡的人有一些很重要的訊息要傳遞給你。」

「她幾歲？」我問。

電話那端的比爾格格發笑。「她才十四歲，可是最近她說了些真的很有意思的話。她希望能在今天下午她足球比賽開始之前找你談談。可能嗎？」

我開始施展拖延戰術，可是稍早感應到的影像逐漸擴大，也變得清晰起來。那影像似乎是這個小女孩和我在她家山坡上頭的大噴泉旁聊天的樣子。

「好，沒問題，」我改口說：「兩點可以嗎？」

「好極了。」比爾回答。

往比爾家途中，我看到山谷對面北邊的山坡上，又蓋了間新房子。快四十間了吧，我想，這兩年來。我知道這話是出於對這缽狀山谷美景的關懷，但我並不真的擔心這地方會變得過度擁擠，也不擔心美麗的自然山景將遭濫墾濫伐。我們就在一座國家森林區上方，距離此地最近的城鎮起碼得走上十哩路，這對多數人來說太遠了點。而且，擁有這座山林的那家人，雖然現在在出售外圍區的精選住宅用地，但他們也似乎有心為這片林地保留完好的寧靜。因為他們規定，每間房子都必須蓋得很低，而且必須隱身在勾勒出天空輪廓的松林和香甜的橡膠樹之間。

真正困擾我的，是街坊鄰里所展現出離群索居的偏好。就我所知，他們多半是有頭有臉的人物，卻自各種行業中逃開，到此隱居。在各自的專業領域裡，他們已經樹立了獨特的地位，因此現在可以彈性上班，或以顧問的身分，依照自己的時間安排作息，甚至隨意遨遊四海。想住在這麼偏僻的山野中，就必須有這樣的自由。

束縛著我們一般人的，似乎是某種堅持的理想主義與渴望；渴望藉著融合心靈憧憬，拓展自己所從事的職業。以上這些，全都存在於最高層次的第十個覺悟（insight）傳統之中。但是，在這片山谷中的每個人幾乎都只關心自己，滿足地專注在自己的領域，而不太注意整個社區，也不太在乎需不需要建立共同願景。那些不同的宗教信仰更是如此。不知何故，這個山谷吸引了各種宗教信仰的人到此聚集，包括佛教、猶太教、天主教、基督教新教、以及回教。雖然這些宗教彼此之間並無敵意，但也少了一股親切融合的感覺。

缺少社區感之所以令我憂心，是因為有跡象顯示，我們生活在郊區的下一代，正顯現一些共同的問題：他們獨處的時間太多，太常打電動玩具，也太在乎學校同學輕蔑或無禮的行為。我開始擔心，他們的生活缺少足夠的家庭氣氛和社群感，而這種氣氛與感覺，卻是將他們的同儕小問題推至幕後，使他們得以保持正確想法所不可或缺的。

再往前走，山徑變窄，我得穿過兩塊座落在兩百呎深的峭壁邊的大圓石。一走過這兩塊圓石，就可聽到菲利普斯噴泉（Philips' Spring）的潺潺水聲。這個噴泉的名稱，是根據十七世紀晚期最早在此紮營的毛皮獵人而命名的。噴泉水緩緩鑿過好幾層岩石，最後開展進入寬十呎、水流悠緩的池塘中。這個池塘最早是人工挖掘而成，後人又再添加一些風景，例如在入口處栽種了幾株蘋果樹，另外擺放一些灰泥接合的石塊，用來穩固這個池塘並增加它的深度。我走向噴泉，伸手捧起一些水。當我俯身向下的時候，輕掠了一根不尋常的小樹枝。這根小樹枝繼續移動，搖搖擺擺地爬上岩石，最後鑽進一個洞裡。

「水棲腹蛇！」我大叫，往後退了好幾步，冷汗從我額頭冒出。現在，住在野地裡還是有相當的危險，雖然已不再像幾世紀前老菲利普斯所面臨的那種險境。那個時代，很可能某天走在路上，轉個彎，就正好撞見一頭護衛著幼獅的大美洲獅，或更糟的，是碰到一群露出三吋獠牙的野豬，如果不立刻爬到樹上，那麼這些長牙就會把你的大腿肉扯裂開來。如果這一天實在是倒楣透頂，甚至還可能遇到一位憤怒的契洛基人（Cherokee），或一位移居此地的賽米諾爾人（Seminole）。他們最不能忍受的，是在自己最喜愛的狩獵區內，不斷看到新的移居者……因此他們會想，如果把你的心臟咬下一大口，或許就能一勞永逸地阻擋白人入侵。不過，在那個時代，所有活著的人——美國原住民和歐洲白人——都同樣必須直接面對危險，這些危機，考驗著事發當時個人的應變能力與勇氣。

我們這一代所要處理的似乎是其他的問題。這些問題比較是關於我們對人生的態度，以及掙扎在樂觀與絕望兩者間的戰役。這個時代，末日之說甚囂塵上，這類論調舉證歷歷地告訴世人：當下西方的生活方式已無法再持續下去；地球氣溫升高，恐怖主義者的軍火日益強大，森林枯萎，科技失控地發展至某種虛擬世界，驅使我們的下一代發狂，也威脅著要讓我們逐漸陷入精神渙散與漫無目的的超現實主義中。

反擊這種論調的，想當然耳是樂觀主義者，他們聲稱散播末日之說的人在歷史上比比皆是。他們認為，所有的問題，都可以用科技——也就是製造出這些危機的始作俑者——來解決，因此，人類的世界才不過剛開始要發揮潛力。

我停下腳步，再次望著這片山谷。我知道，西勒斯廷憧憬（Celestine Vision）就存在於這兩極之間。這種憧憬相信，人類可以持續成長，科技是可以人性化的，但它也認為，唯有以朝神性邁進的直覺，加上對這個世界的走向抱持樂觀的心靈看法，持續的成長與人性化的科技才有可能實現。

但有件事倒是可以肯定的。如果那些相信憧憬力量的人想要發揮影響力，那就必須從現在開始行動，因為我們正處於新千禧年的奧祕當中。新千禧年到來的事實仍令我心中充滿敬畏。我們怎能如此幸運地活在這一刻？千禧年不只代表一個世紀、一百年的轉變，也代表了整整一千年的變化。為什麼是我們？為什麼是這一代？我有種感覺：更遼闊的答案仍待我們去發掘。

好一會兒，我在噴泉旁四處張望，心想娜塔莉也許會出現在這裡。我確定這就是我之前感應到的：她在噴泉這裡，不過我似乎是透過某種窗口看著她。我實在不懂這隱含著什麼意義。

她家到了，但好像沒人在家。我走上深褐色呈「A」字形的前廊，使勁地敲門。無人應答。我轉頭看了一眼房屋左側，注意到那裡有些異樣。從這裡望去，有一條石頭小徑，這條小徑穿過比爾的大蔬菜園，直指向山頂上那一小片青蔥的草原。是光線變了嗎？

我抬頭看著天空，想弄清楚是怎麼一回事。那一片青蔥的草原上，光線似乎起了變化，彷彿原本藏身雲後的太陽霎時露出臉來，照亮了那一塊草皮。但天上一片雲也沒有。我漫步向那片草地，發現有個小女孩坐在草地邊。她身材高䠷，髮色烏黑，身上穿著一件藍色的足球制服。我走近時，她嚇了一大跳。

「我不是故意要嚇妳的。」我說。

有一會兒，她並不敢正視我，就像十幾歲的小女孩會出現的矜持舉動，所以我蹲到她可以平視我的高度，主動向她介紹自己。

她看著我，眼神比我預期的成熟。

「我們在這裡並未依照覺悟生活。」她說。

我大吃一驚。「什麼？」

「那些覺悟啊。我們並未身體力行。」

「什麼意思？」

她看著我，神情嚴肅。「我的意思是，我們尚未完全了解這些覺悟的意涵。還有更多是我們需要知道的。」

「不過，那並不容易……」

我就此打住，不敢相信我正被一位十四歲的小女孩這樣當面質問。剎時間，一股怒氣湧上心頭。但之後，娜塔莉笑了。她並非露齒笑，而只是略微牽動嘴角的一絲笑容，但讓她變得非常可愛。我放寬心情，坐到地上。

「我相信覺悟所言不假，」我說：「但要做到卻不容易。需要時間。」

她並未放過我。「可是現在確實有人正在貫徹執行那些覺悟的內容。」

我看了她一會兒。「在哪裡？」

「亞洲中部。崑崙山區。我在地圖上看過。」她聽起來情緒很激昂。「你一定要到那裡去。這很重要。事情有了變化。你必須現在就到那裡去。你得親眼瞧一瞧。」

她說這些話時，臉上的表情看起來就像一位四十歲的人那般成熟、權威。我使勁地眨眼，不敢相信雙眼所見。

「你一定要到那裡去。」她又說了一次。

「娜塔莉，」我說：「我不確定妳說的地方在哪裡。那是怎樣的一個地方？」

她轉移目光。

「妳說妳在地圖上看過，妳可以拿地圖來指給我看嗎？」

她忽略我的問題，看起來心不在焉。「現在……現在幾點了？」她慢慢從口中吐出字句，結結巴巴地問著。

「兩點十五分。」

「我要走了。」

「等一下，娜塔莉，妳剛說的地方，我……」

「我得和隊友碰面了，」她說：「快遲到了。」

她跨大步走開，我費勁想跟上她。「亞洲哪個地方呢？妳記不記得確切的地點？」

她回頭看我，可是在她臉上，我只看到一位十四歲小女孩滿腦子想著足球的神情。

返家後，我發現自己心煩得緊。這是怎麼一回事？我直愣愣地瞪著書桌，無法專心。後來我去散步了很久，還到溪裡游了泳，最後決定明天早上再打電話給比爾問個究竟。於是，我提早就寢。

凌晨三點左右，我被吵醒。屋內一片漆黑，唯一的亮光，是從百葉窗底縫流瀉進來的月光。我凝神傾聽，卻只聽到夜晚尋常的聲音：蟋蟀間歇的吟唱，牛蛙沿著溪邊偶爾傳來的低鳴，以及遠處狗兒低沉的吠叫聲。

我猶豫是否該起床把門鎖好，但我平常很少這麼做。我拋開這個念頭，心滿意足地重回夢鄉。我本來可以就這麼沉沉入睡，但就在快睡著時，我又四下看了看，卻注意到窗邊有些異樣。外頭的光線比先前明亮。

我坐起身，仔細地看。從百葉窗邊緣透進來的光線，絕對比之前還亮。我隨手抓了條長褲套上，走到窗邊，打開木製的窗板。一切看起來都相當正常。這光線究竟是打哪兒來的？

忽然，我聽到身後響起輕輕的敲門聲。有人進到了屋裡！

「是誰？」我脫口而出。

沒有回應。

我走出臥室，進到往客廳的通道，考慮是否該去工具櫃拿出殺蛇用的來福槍，卻想起工具櫃的鑰匙放在床邊的梳妝台抽屜裡。於是我繼續小心翼翼地往前走。

突然間，有隻手拍了拍我的肩膀。

「噓，我是威爾。」

我認出他的聲音，點了點頭。我伸手想按牆上的電燈開關，卻被威爾阻止，他隨即走到客廳，看著窗外。他走動的時候，我注意到他和上次見面時不大一樣。不知怎地，他變得比較不優雅，五官也平庸無奇，不像從前那樣微微散發光芒。

「你在找什麼？」我問道。「到底怎麼了？你快把我嚇死了。」

他朝我走過來。「我非見你不可。事情全變了，我又回到原來的狀態了。」

他對我笑了笑。「我認為這一切是注定會發生的，但我再也無法像從前那樣進入其他的精神次元。我還是可以把能量提升到某個層次，但卻是完全地活在這個世界上。」他

「什麼意思？」

暫時移開目光。「我們之前為了了解第十個覺悟所做的那些事，彷彿只是對未來的一種體

驗、預演與驚鴻一瞥，就像瀕死經驗一樣。現在這一切都結束了。我們現在無論要做什麼，都必須在這個地球上。」

「反正我也沒辦法再做到了。」我說。

威爾直視著我。「你知道，我們已經接獲了許多訊息，有關人類進化、有關集中注意力、以及有關直覺和機緣（conincidence）引導我們向前的訊息。我們接到一個命令，要我們保持一種新的憧憬，每個人都如此。只不過我們並未讓它在我們能力所及的層次發生。在我們所知道的知識當中，還是少了一樣東西。」

他停了一分鐘，接著說：「我還不知道原因何在，但我覺得我們必須到亞洲去一趟……大概在西藏附近。那裡有事發生，而且是我們有必要知道的事。」

我驚訝莫名。娜塔莉那個小女孩也說過同樣的話。

威爾走回窗邊，看著窗外。

「你為什麼不停地看著窗外？」我問：「還有，你幹嘛偷溜進我家？你為什麼不敲門？到底發生了什麼事？」

「也許什麼事都沒發生，」他回答：「只不過早先我覺得有人在跟蹤我。可是我也不確定。」

他朝我走來。「我現在沒辦法把每件事解釋清楚，連我自己都不確定到底發生了什麼事。不過，亞洲有個地方我們一定要找到。你十六日可不可以到加德滿都的喜馬拉雅旅館和我碰頭？」

「等等！威爾，我這裡還有事要辦。我已經答應……」

威爾看著我，他的神情我從未在其他人臉上看過，那是一種混雜著冒險與決心的表情。「沒關係，」他說：「如果你十六日沒到，那就算了。只是如果你去了的話，一定要保持高度警覺。會有事情發生。」

他很嚴肅地提醒我這件事，但臉上卻堆滿了笑容。

我把頭轉開，一點也不覺得有趣。我並不想做這件事。

隔天早上，我決定不告訴任何人我準備去哪裡，除了巧玲之外。唯一的問題是，巧玲現在正在國外出差，無法直接聯絡到她。我唯一能做的，就是留封電子郵件給她。

我走到電腦前，寄出這封信，心裡懷疑（我一向都有懷疑的習慣）網際網路的安全性。網路駭客能入侵保護最周密的公司和政府電腦系統，他們要攔截電子郵件訊息，實在是易如反掌……尤其如果你記得網際網路起初是美國國防部為了聯繫他們在各大學的祕密研究員所架設的。是否整個網際網路都是受監視的呢？我拋開這層隱憂，覺得自己多慮了。我的信件只不過是千萬封電子郵件之一，誰會在乎？

我上網安排十六日到尼泊爾加德滿都的事宜，並預約喜馬拉雅旅館。這兩天就得動身，我想，所以幾乎連準備時間都不夠。

我搖搖頭。一方面，前往西藏的念頭很吸引我。我知道西藏的地理景觀是全世界最美、最神祕的，但是，它也是個受中國政府高壓控制的國家，我知道那地方可能會很危險。我打算旅程中只要一有危險徵兆就打住。我不會再讓自己身陷無法理解的困境中，也不會再讓自己扯進無法掌控的事件裡。

威爾來無影去無蹤地離開。他什麼也沒多講，我的腦子裡滿是疑惑。他對西藏那個地方了解多少？為什麼會有個十幾歲的小女孩叫我到那裡去？威爾一舉一動都戰戰兢兢，為什麼？在找到答案之前，我絕不到加德滿都以外的地方。

動身的日子到了。在飛往法蘭克福、新德里、最後到加德滿都的一路上，我都試著保持高度警覺，但沒什麼大事發生。到了加德滿都，我用真名在旅館櫃檯登記。把行李安置好之後，我便在旅館裡四處看看，最後到了餐廳。我坐在那裡，預期威爾可能隨時出現，但卻始終不見他的人影。一小時過後，我突然想到游泳池邊走走，於是我招來一位服務生，詢問後得知游泳池在旅館外。外頭有些寒冷，但陽光明亮耀眼。我知道新鮮的空氣將有助於我適應此地的海拔高度。

我走到門外，發現游泳池就在旅館L形建築所圍起來的區域中。這裡的人比我想像中多，但鮮少有人交談。我拉了張椅子過來，靠著一張桌子坐下，注意到坐在我周圍的人——大半是亞洲人，摻雜些歐洲人——看起來要不是壓力很大，就是思鄉情切。他們眉頭深鎖，呼喚著服務生拿飲料、報紙，其餘時間都避免目光與他人接觸。

我的心情也逐漸低落起來。心想：「我到這裡來了，再次被關在距離美國半個地球遠的旅館裡，到處都看不到一張友善的面孔。」我深吸一口氣，想起威爾說過要保持警覺的告誡，於是提醒自己要尋找微妙曲折的同步事件（synchronicity），那些可能在瞬間迸出、把人生推往嶄新方向的神祕機緣。

我知道，覺察這股神祕的能流，仍是真正靈性（spirituality）的中心經驗，也是一種直接的證據，顯示有深奧的事件在人類戲曲場景背後運作著。但問題在於，這種覺察只是偶爾出現；它短暫地出現一會兒，誘惑我們，之後便乍然消失。

我四處張望，最後目光落在一位高個子身上，他髮色深黑，正步出旅館大門，筆直地朝這裡走來。他穿著寬鬆的褐色長褲和樣式時髦的白毛衣，腋下挾著一份折疊的報紙。他經過走道上閒晃的人群，最後在我右邊的桌旁坐下。他拿起報紙，環顧四周，向我點點頭，露出燦爛的笑容。接著他招來一位服務生，點了一杯開水。他有著亞洲人的外表，卻說著一口流利而毫無口音的英語。

服務生送來他點的開水。在帳單上簽名後，他便開始看報紙。這個人有種能立即引人注意的特質，但我卻說不出他是哪裡吸引人。他渾身洋溢著令人愉快的舉止與能量，有時候，他會放下報紙，環顧四周，臉上帶著開心的笑容。有一瞬間，他正好與坐在我對面那位看似性情乖戾的男士四目交接。

我以為那位個性陰沉的男士會立刻移開目光，但他卻對黑髮男士報以微笑，兩人於是用一種聽起來像尼泊爾話的語言聊了起來，甚至聊到放聲大笑。鄰近幾桌的人也被他們的對話吸引，開始變得愉快起來，有個人說了一句話，引起哄堂大笑。

我津津有味地看著這場景，心想：情況有些不同。周遭的氣氛正在改變。

「老天爺，」那位黑髮的男士朝我這方向看過來，斷斷續續地說：「你看過這篇報導嗎？」

我四處看了看。其他人似乎又回到閱讀書報的狀態，那人指著報上一篇報導，並挪動椅子向我挨近。

「他們又發表一份有關禱告的研究報告了，」他接著說：「真有意思。」

「有何發現？」我問道。

「他們研究禱告對健康出問題的人有何效果，結果發現，如果有人定時為病患禱告，那麼這位病患將較少出現併發症，而且復原得也比較快，即使病患並不知道有人在為自己禱告。這個研究證實了禱告的力量確實存在。不過，他們還有別的發現。他們發現，**最有效的禱告，不是請求句，而是肯定句**。」

「我不明白你的意思，」我說。

他用湛藍的眼睛凝視著我。「他們設計這項研究，測試兩類禱告的效果。第一類的禱告是請求上帝或神明，伸出援手幫助生病的人。另一類的禱告則是充滿信心，肯定上帝會幫助這個病人。你看得出其中的差別嗎？」

「我還是不大明白。」

「請求上帝干預的禱告所預設的立場是，上帝是有能力插手的，但祂卻也可以決定是否要接受我們的請求。這種禱告假定，我們除了請求，別無他法。肯定的禱告則認為上帝已經準備好，並願意干預，但祂已制訂了有關人類生存的法則，因此，**願望是否實現，有一部分是要看我們是否堅信它會實現**。因此，我們的禱告必須是能表達出這種信心的肯定句。研究證實，這類型的禱告是最有效的。」

我點點頭，開始有些了解。

那人移開目光，彷彿在深思，接著繼續說：「聖經裡所有偉大的禱告，都不是請求，而是肯定句。想想主禱文（the Lord's Prayer），內容是這樣的：『願你的旨意成全，在地上如同在天上。今日的飲食賜給我們，赦免我們的罪。』這個禱告詞並未說，請問能不能給我們食物，也沒有說，請問能不能原諒我們。它只是肯定地說，這些事即將發生。憑著堅定地假設這些事會發生，我們就能讓這些事成真。」

他再次停住，似乎在等我問問題，臉上仍帶著笑容。

我忍不住格格笑了起來，他的好心情真能傳染給別人。

「有些科學家推論，」他接著說：「這些發現還另有深意，這個寓意對每一位活著的人都有深遠的重要性。這些科學家主張，如果我們的期望，以及充滿信心的假定，是禱告之所以有效的原因，那就表示，我們每個人無時無刻都在將一種禱告能量（prayer energy）發散到這個世界上，無論我們是否察覺到這一點。你明白這當中的道理嗎？」

未等我答腔，他又繼續說：「如果禱告是一種以我們的期望和信仰為基礎的肯定句，那麼，我們每一個期望都具有禱告的效力。我們其實每分每秒都在為自己的將來、為別人的未來禱告，只是我們自己沒察覺到罷了。」

他看著我，好似他剛投下了一枚炸彈。

「你想像得到嗎？」他接著說：「目前科學界正在證實各宗教最玄奧的神祕學家的主

張。這些神祕學家都說，我們對發生在生活中的大小事件，有著精神與心靈的影響力。記得聖經上說，即使芥菜般大小的信仰，也能移山填海。如果這種能力就是在生活中真正成功、創造出真正社區的關鍵，那會是怎樣的景況？」他雙眼炯炯閃爍，彷彿他知道的比他說出來的還多。「我們每個人都必須了解這是怎麼運作的。現在是時候了。」

我對他報以微笑，並對他所言深感興趣，也為游泳池畔氣氛的轉變感到驚奇。我下意識地往左邊看，就像覺得有人在看我們時會做的那樣。我發現游泳池畔的服務生中，有一位正站在入口盯著我瞧。我們四目交接，他便迅速轉移目光，並沿著人行道，回頭朝電梯的方向走去。

「抱歉，先生。」我身後有個聲音響起。

我轉過身，發現是另一位服務生。

「需要飲料嗎？」

「不用了……謝謝，」我答道：「再等一下。」

我再回頭尋找人行道上的那個人，卻已不見他的蹤影。我左右張望了好一陣子，想找到他。最後我把頭轉向右邊，也就是那位黑髮男士曾坐過的地方，才發現他也走了。

我站起來，詢問坐在我前面那一桌的人，是否看到帶著報紙的男士朝哪個方向走。他搖搖頭，移開目光，一副敷衍了事的模樣。

接下來整個下午，我都待在房裡。游泳池畔發生的事讓人不安。那位告訴我有關禱告研究的仁兄是誰？在這樣的訊息中，是否存在著所謂的同步事件？那個服務生為何盯著我瞧？還有，威爾究竟在哪裡？

在睡了長長的午覺後，時近黃昏，我又離開旅館，決定到幾條街外的一家戶外餐廳去。我之前聽到一位觀光客提到這家餐廳。

我問戴眼鏡的管理員，路要怎麼走，他告訴我：「很近很近，非常安全。沒問題的。」我步出大廳，走進微暗的天色中，同時仍留意著威爾的行蹤。街上行人熙來攘往，我得在人群中又推又擠地殺出重圍向前走。到了那家餐廳之後，他們給了我一個靠角落的位子，就在分隔用餐區和街道的熟鐵圍籬旁。我悠閒地吃了一頓晚餐，還讀了一份英文報紙，坐了一小時以上。

有那麼一剎那，我突然感到不對勁，覺得自己好像又被監視了，可是我找不到監看我的人。我偷瞄了一下其他幾桌，但似乎根本沒人注意我。我站起來，凝望圍籬外街道上的人群，也沒啥異樣。我試圖擺脫這種感覺，便付了帳，走回旅館。

接近旅館門口時，我突然看見左邊大約二十呎遠的一排灌木叢邊，站了一個人。我們四目相接。他往我這裡前進一步。我移開視線，走過他身邊，卻發現他就是在游泳池畔盯著我看的那位服務生，只不過他現在穿著運動鞋、牛仔褲，和一件樸素的藍襯衫。他看起來大約三十歲，眼神非常嚴肅。我加快腳步走過。

「抱歉，先生。」他叫道。

我還是走我的。

「拜託，」他說：「我必須和你談一談。」

我又往前走了好幾碼，直到可以看到門房和服務生後，我才開口問：「什麼事？」

他移得更近，欠身說道：「我想你就是我要見的人。你認識威爾森．詹姆士先生嗎？」

「威爾？是的，我認識他，他在哪裡？」

「他無法前來，因此叫我到這裡來見你。」他伸出手，我心不甘情不願地和他握手，並告訴他我的名字。

「我叫寅．多羅。」他答道。

「你是這家旅館的工作人員嗎？」我問。

「不是，很抱歉，我有個朋友在這裡工作，我向他借了一件夾克，這樣才可以四處找人，察看你是否在這兒。」

我仔細地打量他。直覺告訴我，他說的是實話。可是為什麼要這樣神祕兮兮的？在游泳池那邊的時候，他何不直接走到我面前，問我是誰？

「威爾被什麼事耽擱了？」我問。

「我也不確定。他要我和你碰面，好帶你到拉薩去。我想，他是打算在那裡和我們碰面。」

我側過頭，心裡湧起不祥的預感。我再次上下打量他，然後說：「我不確定是否要跟你走。威爾為何不親自打電話給我？」

「我相信他一定有很重要的理由，」寅回答，又往我這邊跨一步：「威爾非常堅持要我帶你去見他。他需要你。」

寅用眼光懇求我。「我們可以明天就出發嗎？」

「乾脆這樣吧，」我說：「你進來，我們一起喝杯咖啡，討論這整件事？」

他左顧右盼，好像在擔心什麼。「求求你，我明天早上八點會過來。威爾已經幫你打點好機位和護照了。」他面露微笑，我還來不及開口抗議，他就小步跑開了。

七點五十五分，我走出旅館大廳，身上只帶了一個背包。旅館答應讓我存放其他的行李。我打算這星期內就回國去——當然，如果和寅在一起有什麼不對勁的地力，我就會立刻啟程回國。

八點整，寅準時開著一輛豐田舊轎車出現，於是我們朝機場出發。往機場一路上，他都很客氣，但對威爾發生的事，卻總以不知情推託。我考慮告訴他娜塔莉提過亞洲中部的神祕地區，以及威爾那天晚上在我臥房對我說的話，好看看他有什麼反應。但我還是打消了這個念頭。只要好好監視他就好，我想，到了機場再看情況。

在機場櫃檯，我發現往拉薩的旅客名單上果真有我的名字。我再度四處張望，試圖找尋一些蛛絲馬跡。但一切似乎都很尋常。寅面帶微笑，顯然心情很好，但不幸的是，櫃檯服務員的心情可不怎麼好，她只會講幾句英文，而且態度苛刻。當她要我出示護照時，我的情緒變得更加惡劣，於是把護照一丟，用力甩給她。她愣了一下，然後瞪著我，一副不劃機位給我的模樣。

寅很快走過來，溫和地用她的母語，尼泊爾話，和她交談。幾分鐘後，她的態度開始有些轉變。雖然她再也沒正眼瞧過我一眼，可是她對寅說話時卻和顏悅色的，甚至還為了寅說的某句話而開懷大笑。幾分鐘後，我們拿到了機票和登機證，坐在登機門附近咖啡廳的一張小桌旁。到處瀰漫著濃濃的菸味。

「你火氣真大，」寅說：「而且你並未善用你的能量。」

我大吃一驚。「你說什麼？」

他和藹地看著我。「我是說，你並沒有幫助櫃檯那個女生改變心情。」

我立刻明白他所指為何。在祕魯的時候，第八項覺悟提到一種用特別的方式注視他人臉龐，以提升他人能量的方法。

「你知道覺悟的事？」我問道。

寅點頭，仍看著我。「是的，」他說：「可是還不只這樣。」

「要讓自己記得傳送能量並不容易。」我又說道，防禦意味濃厚。

寅用一種非常刻意的口吻說：「但是，你必須了解，無論如何，你已經用自己的能量去影響她了，不管你知不知道。重要的是，你如何設定你的，呃，什麼能場……」寅努力地想找到正確的英文字。「**意念能場**（**field of intention**），」他最後說：「**也就是你的禱告能場**。」

我專注地看著他。寅所說的禱告，似乎和先前那位黑髮男士的意思是一樣的。

「你到底想說什麼？」我問。

「你是否曾待在一間屋內，所有人的能量和心情都很低落，然後，有個人走了進來，他才剛踏進屋內，可是每個人的能量卻立刻提升了？這個人的能量場在他出現之前，就已進入屋內，觸碰到每個人。」

「嗯，」我說：「我知道你的意思。」

他的眼神似乎看穿了我。「如果你想找到香巴拉（Shambhala），就一定要學會如何有意識地運用自己的能量。」

「香巴拉？你在說什麼？」

寅的臉色轉為蒼白，流露出尷尬的神色。他甩甩頭，顯然覺得自己操之過急，說溜了嘴。

「別管這些了，」他低聲地說：「這不是我該做的事。必須由威爾來解釋。」等著登機的人已經開始排隊，寅轉身走向票務人員。

我絞盡腦汁，在記憶中搜索「香巴拉」這幾個字。最後，我終於想起來了。香巴拉是西藏佛教傳說中一個神祕的社區，也就是香格里拉故事的背景所在地。

我迎向寅的目光。「那個地方只是神話……對吧？」

寅並未理會我，只是把票交給服務人員，沿著空橋往前走。

飛往拉薩的途中，寅和我坐在不同區，因此我有時間思考。我只知道香巴拉對西藏佛教徒來說非常重要。他們的古老文獻將香巴拉描述成一座由鑽石和黃金蓋成的神聖城市，裡面住滿了高僧和喇嘛，而香巴拉是隱身在西藏或中國北方某個不宜人居的遼闊荒野中。不過，近年來，佛教徒在提到香巴拉的時候，多半把它當成一種象徵，一種心靈狀態的表徵，而非一個真實存在的地點。

我伸手從前座椅背中取出一份西藏旅遊手冊，希望能對西藏的地理環境有更新的認識。西藏北鄰中國大陸，南接印度、尼泊爾，基本上是個一望無垠的高原，只有少數地區低於海拔六千。南端邊界處，是峰峰相連的喜馬拉雅山脈，其中包括珠穆朗瑪峰（Mount Everest），而在北方邊界，中國境內，則是綿延不絕的崑崙山脈。在南北兩大山脈之間，是深邃的谷壑、湍急的河流，以及綿延數百平方哩、奇岩磊磊的寒帶草原。從地圖上看，藏東似乎是土壤最肥沃的地區，人口也最多，而藏北和藏南看起來則人口稀疏，屬於高原地形，就算零星散布著幾條道路，也都是碎石子路。

顯然，通往藏西只有兩條主幹道：北路及南路。在北路上通行的多半是卡車；南路環繞著喜馬拉雅山區，而走在這條路上的，是來自西藏各地的朝聖者，他們想到珠穆朗瑪峰、岡仁波齊峰（Mount Kailash）、瑪旁雍錯[1]、或更遠的神祕崑崙山區等聖地朝聖。

我將目光從地圖上移開，微微地抬起頭來。一路飛行在三萬五千呎的高度，我開始感受到外頭氣溫和能量的顯著差異。飛機下方，喜馬拉雅山脈巍然聳立，露出結冰多岩的山頂，襯托著清朗的藍天。進入西藏領空時，我們幾乎就飛在珠穆朗瑪峰上方。西藏，白雪的國度，世界的屋脊，是探險家和內陸旅人的國家。往下望著一片群山環繞的翠綠山谷與岩石密布的曠野，我不由得對西藏的神祕湧起一股敬畏之意。不幸的是，西藏現正被一個集權主義的政府殘酷統治著。我來這裡是要做些什麼呢？我心裡納悶。

我回頭看坐在四排後的寅。他總是一副神祕兮兮的模樣，讓我很傷腦筋。我再次下定決心，要非常小心謹慎。在未獲得充分的解釋之前，絕不離開拉薩。

到機場之後，寅不理會我提出有關香巴拉的問題，只是一再堅定地重複，我們很快就會見到威爾，屆時我就什麼都知道了。我們招來一輛計程車，前往市中心附近的一家小旅館。威爾應該已經在那裡等著。

我發現寅正盯著我看。

「怎麼了？」我問。

「我只是看看你對這樣的高度適應得如何，」寅說：「拉薩的海拔高度是一萬兩千呎。你得放鬆一下。」

我點點頭，感謝他的關心，不過我以前總可輕易地適應高度。我正想對寅這麼說，卻看見遠處一棟外觀像碉堡的大型建築。

「那是布達拉宮（Potala Palace），」寅說：「我要你看看這棟建築。在達賴喇嘛流亡之前，這是他冬天的行館。現在，這座皇宮象徵著西藏人民反抗中國集權占領的奮鬥與掙扎。」

❶瑪旁雍錯（Lake Manasarovar）是藏人的聖湖。藏人稱湖泊為「錯」。

他偏過頭去，保持沉默，直到計程車停下來。但車子不是停在旅館前，而是停在離旅館一百呎遠的街道上。

「威爾應該已經到了，」寅打開車門，說：「你在車裡等著，我先進去看一看。」

但是，寅並未下車，反而整個人杵在車門口，使勁地盯著旅館入口。我注意到他眼神有異，於是也朝同樣的方向望去。街道上行人與遊客熙熙攘攘，可是一切看起來並無異樣。然後，我看到旅館的角落附近有位身材矮小的中國男人。他手上拿著報紙之類的東西，雙眼卻仔細掃視附近地區。

寅搜尋著這個人所在的街道，與對面路邊停放的車輛，最後目光落在一輛褐色的轎車上，車裡載了幾位穿西裝的人。

寅向計程車司機說了一些話，司機從後視鏡緊張地看著我們，然後開到下一個十字路口。計程車往前開的時候，寅曲身向前，不讓轎車裡的人看到他。

「怎麼回事？」我問。

寅並未理會我。他叫司機向左轉，再往市中心方向駛去。

我抓住他的手臂。「寅，告訴我這是怎麼一回事。那些人是誰？」

「我不知道，」他說：「不過威爾是不會在這裡的。我想他會到另一個地方去。你注意看我們有沒有被跟蹤。」

寅又告訴計程車司機該往那個方向開。我往後看，有好幾輛車出現在後方，不過後來轉個彎就消失了。並沒有那輛褐色轎車的蹤影。

「你有看到任何人跟在後面嗎？」寅問，同時也轉身四處張望。

「沒有。」我說。

我正想問寅這究竟是怎麼一回事，卻注意到他的手在發抖。我細細地端詳他的臉龐。他臉色蒼白，滿頭大汗。我發現他很害怕。看到他這樣，我也害怕地打了個冷顫。

我還沒來得及開口，寅便向計程車司機指出停車的地方，然後要我拿背包，推我下車，帶我沿著一條街弄進入另一條更狹窄的巷道。走了百來呎之後，我們靠著一棟建築物的牆壁站著，等了幾分鐘，眼睛盯著剛離開的路口，一句話也沒說。

等確定應該沒被跟蹤後，寅便順著巷子走到下一棟建築物前，敲了好幾次門。沒人應答，但門內的鎖卻神祕地開了。

「在這裡等著，」寅開了門，說：「我會再回來。」

他躡手躡腳地閃進屋子裡，把門關上。聽到門鎖上的聲音，我心裡一股恐慌。現在怎麼辦？我想。寅很害怕。他會不會把我丟在這裡？我轉身向人來人往的街道望去。這正是我最擔心的事。好像有人在找寅，或許也正在找威爾，而我對自己可能牽扯上的事卻毫不知情。

如果寅就這樣消失了，也許是最好的結局，我心想。這樣的話，我就可以跑回街上，藏匿在人群中，直到找出回機場的路。目前除了回國之外，我還能怎麼辦？不過如此一來，我就能卸除尋找威爾的責任，也不用再蹚這趟渾水了。

門驟然發出聲響，寅溜了出來，門又迅速地鎖上。

「威爾留了話，」寅說：「來吧。」

我們沿著小巷又走了一會，然後躲在兩個大型垃圾箱之間。寅打開一個信封，取出一張字條。我看著他讀字條。他的臉色似乎更蒼白了。讀完後，他把字條拿給我。

「上面寫些什麼？」我問，一把抓過紙條。我認出那是威爾的筆跡。紙條上寫著：

寅，我相信我們正獲准進入香巴拉。但我必須先走一步。你必須盡可能帶我們的美國朋友前來，走愈遠愈好。事關重大。你知道空行母（dakini）將引導你。

威爾

我望著寅，他匆匆地瞄了我一眼，然後又移開視線。「他說『獲准進入香巴拉』是什麼意思？這是比喻的說法，對吧？他不認為真有個叫香巴拉的地方，對不對？」

寅瞪著地板。「威爾當然認為真有個叫香巴拉的地方。」他小聲地說。

「那你呢？」我問。

他移開視線，彷彿整個世界的重量全落在他肩上似的。

「我相信……我相信……」他說：「只是對大部分的人來說，連想像這個地方都不大可能，更別說要親身到那裡去。當然你和我不能……」他的聲音漸漸細若游絲，最後小到根本聽不見。

「寅，」我說：「你必須告訴我這是怎麼一回事。威爾究竟在做什麼？我們在旅館前看到的那些人又是誰？」

寅瞪著我看了一會兒，然後說：「我想他們是中國的情報人員。」

「什麼？」

「我不知道他們到這裡來做什麼，不過，顯然有關香巴拉的一切活動和言論已使他們心生警覺。這裡有許多喇嘛發現香巴拉聖地正在發生變化。已經有不少人討論這件事。」

「什麼變化？告訴我。」

寅深吸一口氣。「我本來要讓威爾來解釋這件事的……可是我想，我現在必須試著解釋看看。你必須先明白香巴拉是什麼。那裡的人是活生生的人類，他們生長在這個聖地，不過他們的進化層次比較高。他們幫助這個地球上的人保有能量及憧憬。」

我移開目光，腦中思考著第十項覺悟。「他們是某種心靈嚮導嗎？」

「不是你想的那樣，」寅回答：「他們不像身後世（afterlife）的家庭成員或其他靈魂那樣，可以在另一個空間幫助我們。他們是住在這個地球上的人類。香巴拉的人有著特殊的社區組織，而且生活在較高的發展層次。他們所示範的，是世界上其他人終將達成的生活。」

「香巴拉在哪裡？」

「我不知道。」

「你知道有誰看過香巴拉嗎？」

「沒有。我小時候跟著一位偉大的喇嘛修行，有一天他說，他要到香巴拉去了。我們慶祝了幾天之後，他就離開了。」

「他到香巴拉了嗎？」

「沒人知道。他就這樣消失了，西藏各地再也沒人見過他。」

「所以沒有人真正知道香巴拉是否存在。」

寅沉默了一會，接著又說：「我們有傳說……」

「你說的『我們』是誰？」

他盯著我瞧。我看得出來他必須遵守某種緘口原則。「我不能告訴你。只有我們宗派的首領，瑞格登喇嘛（Lama Rigden），才能決定是否告訴你。」

「那麼，傳說的內容是什麼？」

「我只能告訴你：這些傳說，是從前曾嘗試到香巴拉的人遺留下來的。這些傳說已經流傳好幾世紀了。」

寅本來還想說些別的事，但街道上傳來一陣聲響，引起我們的注意。我們機警地張望，但什麼也沒看到。

「在這裡等著。」寅說。

寅又敲了那扇門，之後便消失在建築物內。過了一會，他以同樣敏捷的速度現身，走向一輛老舊、生鏽、車頂由破帆布鋪成的吉普車。他打開車門，招手示意我上車。

「來吧，」他說：「我們得加快腳步了。」

2 香巴拉的呼喚

寅開車離開拉薩，我不發一語，向外望著崇山峻嶺，心裡納悶威爾的字條到底是什麼意思。他為什麼決定自己先走？還有，空行母是誰？我正想開口問寅，一輛中國軍車穿越了我們面前的十字路口。我嚇一跳，感覺到緊張的潮流淹沒全身。我在做什麼？我們才剛看到情報人員埋伏在預定和威爾碰面的旅館。他們也許是在找我們。

「寅，等一下，」我說：「我要去機場。這一切對我來說似乎太危險了。」

寅警覺地看著我。「那威爾怎麼辦？」他說：「你也看了字條。他需要你。」

「是啦，嗯，反正他已經很習慣這種事了。我不認為他會想讓我陷入這種險境當中。」

「你已經涉入險境了。我們必須離開拉薩。」

「你要到哪裡去？」我問。

「到瑞格登喇嘛在日喀則（Shigatse）附近的寺院。我們到那裡應該已經很晚了。」

「那裡有電話嗎？」我問。

「有，」寅回答：「我想是有的，只是不知道還能不能用。」

我點點頭。寅回過頭，專心開車。

很好，我心想。在安排好回國的事宜之前，離這兒遠一點也好。

我們在崎嶇不平的公路上顛簸了數小時，一路上與卡車、老舊的汽車等擦身而過。這兒的風景，混合了醜陋的工業發展與美麗的街景。天色暗下來後，寅把車子停靠在一座水泥小碉堡的庭院裡。右邊的機工庫旁，綁了一隻毛茸茸的狗，正凶猛地對我們吠叫。

「這是瑞格登喇嘛的房子嗎？」我問。

「不是，當然不是，」寅說：「但我認識住在這裡的人。我們可以補充些食物和汽油，以後可能用得著。我馬上回來。」

我看著寅走上木板階梯敲門。一位年長的西藏婦女出現在門口，一見到寅，立刻擁抱他。寅笑著指向我這邊，說了些我聽不懂的話。他對我招手，於是我下車走進屋內。

過了一會，我們聽到屋外隱約傳來尖銳的煞車聲。寅飛奔到窗前，拉開窗簾向外張望。我就站在他後面。暮色中，仍可見到一輛黑色、未標示的汽車停在一百呎遠的地方，就在一條交通繁忙的車道的對面路邊。

「那是誰？」我問。

「我不知道，」寅回答：「出去拿我們的行李，趕快。」

我滿臉困惑地看著他。

「不要緊的，」他說：「去拿行李，可是動作要快。」

我出了門，走到吉普車旁，忍住不看停在遠處的那輛車。我把手伸進開著的車窗內，拿出我的背包和寅的行李，然後快步走回屋內。寅仍看著窗外。

「喔，糟糕，」他忽然說：「他們過來了。」

那輛車朝著這棟小屋疾駛過來，刺眼的車燈照亮了窗戶。寅伸出手，迅速地從我手中拿走他的行李，然後帶著我走到後門，踏入夜色中。

「我們得往這邊走。」寅回頭對我大叫。他帶我沿著一條小徑走向岩石遍布的小丘。我回頭瞄一眼那棟房子，眼前景象令我又驚又怕。我看到便衣特務從車內湧出，包圍那棟房子。另一輛甚至連看都沒看到的車在小屋這一側高速行駛，接著幾個人跳下車，奔向右手邊的山坡。我知道如果繼續朝這方向走，不消幾分鐘就會被他們攔截。

「寅，等一下，」我使勁但小聲地說：「他們正往我們這邊跑來。」

他停下腳步，在黑暗中把臉挨近我。

「走左邊，」他說：「我們繞過他們走。」

寅說這話的時候，我看到還有其他特務在寅所說的那個方向奔跑。如果照寅說的方向走，他們肯定會看到我們。我抬頭望著這座山坡最險峻的地帶，突然有樣東西吸引了我的目光：這條山路上有塊模糊的地帶看起來比較亮。

「不行，我們必須往上直走，」我直覺地這麼說，之後便往那個方向走。寅落後了我一會兒，但很快就趕上來。我們攀岩走壁地往上爬，而那些特務正從右邊逼近。

有個特務似乎站在我們所在位置的坡頂，於是我們俯身躲在兩顆大石頭間。我們周圍的地區仍亮得明顯。那個人距離我們不到三十呎，如果他再往下走，很快就會看到我們。他走近這明亮地區的邊緣，再過幾秒就會看到我們，但他驟然止步，開始往前直走，再次駐足，一副突然想起別件事的模樣。他不再往前走，反而轉身朝山下跑去。

幾分鐘後，我輕聲問寅，是否認為這個特務已經看到我們了。

「不，」寅回答：「我不這麼認為。走吧。」

我們繼續爬了十分鐘，然後停在一個滿是石頭的峭壁上，向下望著水泥小屋。我們看到更多類似公務車的車子開了過去，當中有輛老舊的警車，車頂閃著紅燈。這樣的場景讓我心中充滿恐懼。我現在不必再懷疑了，這些人是在追我們沒錯。

同時，寅也緊張地看著那棟房子，兩隻手又抖了起來。

「他們會怎麼對付你朋友？」我問，很害怕聽到他的答案。

寅看著我，眼裡閃著淚光，眼神充滿憤怒，然後便帶著我爬往更高處。

我們又走了幾個小時，利用弦月的光找路，有時光線會被雲遮住變得朦朧。我想問寅，他之前提到的傳說是什麼，但他還在憤怒凝重的情緒裡。到了山頂，寅停下來說我們必須休息。我坐在附近石塊上，他卻往外走了約十二呎，在黑暗中背對我站著。

「在山坡上的時候，」他問我，但並未回頭：「你怎麼那麼篤定我們應該要往上爬？」

我喘了口氣。「我看到東西，」我上氣不接下氣地說：「不知道為什麼，那個地方看起來比較亮，好像我們應該往那邊走才對。」

他轉身走過來，坐在我對面。「你以前看過類似的情景嗎？」

我試著擺脫緊張的情緒。我心跳急促，說話很困難。

「有，我曾經看過，」我說：「最近就看過好幾次。」

他轉移目光，一句話也沒說。

「寅，你知道這是怎麼一回事嗎？」

「根據傳說，這表示有人在幫我們。」

「是誰在幫我們？」

他又移開視線。

「寅，把你知道的告訴我。」

他沒回話。

「是不是威爾在字條上說的空行母？」

還是沒有反應。

我感到一股憤怒湧上心頭。「寅！把你知道的告訴我。」

他很快地站起來，氣憤地瞪著我。「有些事是我們不能說的。你不明白嗎？光是吊兒郎當地提到這些名字，就能讓一個人變啞或變瞎好幾年。他們是香巴拉的守護者啦！」

他衝到一顆平坦石塊前，把夾克鋪上面然後躺下。我也覺得疲憊到無法思考。

「我們必須睡了，」寅說：「幫幫忙吧，你明天會知道更多的。」

我又看了他一會，然後也躺在我坐的石塊上，不久便進入夢鄉。

遠處兩座覆雪的山峰間升起的光芒令我醒來。我環顧四周，發現寅不見了，於是跳了起來，在附近搜尋，同時感覺到全身痠痛。附近都找遍了，就是沒看到寅。

該死，我想。我根本就不知道自己現在在哪裡。強烈的焦慮感流竄我全身。等了三十分鐘，望著那些嶙峋的褐色山陵，其間的小山谷有著翠綠青草。寅還是沒回來。我又站起來，才注意到山坡下大約四百呎的地方有一條碎石路。我拎著背包，穿過大小石頭往下走到那條碎石子路上，然後朝北走。如果記得沒錯，往北走就可以回到拉薩。

走不到半哩，我注意到有四、五個人走在我後面不到百步遠的地方，而且跟我走同一個方向。於是我立刻離開路面，爬到山坡上的岩石間，這樣不但可以藏起來，還可以看著這些人經過。他們走近時，我注意到他們是一家人，其中有一位老人家，一對年輕的男女（年紀在三十歲上下），還有兩個十幾歲的男孩。他們帶著很大的袋子，年輕男人還拖著一輛載滿物品的板車。他們看起來像是難民。

我考慮去接近他們，至少這樣可以問出我該往哪個方向走，但後來我決定不這麼做。我擔心他們日後可能會告發我的行蹤，因此就這樣讓他們在我眼前過。我又等了二十分鐘，才小心翼翼地往同一方向走。這條路沿著多岩的丘陵蜿蜒了大約兩哩，最後我看到遠方的山頂上有一座寺院。我離開這條路，往上爬過重重岩石，最後到了寺院下方大約兩百碼的地方。這座寺院是由淡茶色的磚頭砌成，平坦的屋頂漆成褐色，主建築兩側各有一排廂房。

我沒看到任何動靜，因此原本以為這地方無人居住。但後來，前門打開，我看到一個穿著亮紅色僧袍的僧侶走了出來，在建築物右側一棵樹旁的花園裡工作起來。

他看起來不像壞人，但我還是決定不要冒險。我又走回碎石路上，跨越馬路，與寺院左側保持安全距離，直到通過為止。接著我小心翼翼地再走回碎石路上，中途只停下來脫運動夾克。現在熾烈的陽光往下直射，天氣異常暖和。

大約又走了一哩，靠近一小段上坡路時，我忽然聽到聲音。我急忙躲到岩石後凝神細聽。起初我以為是隻鳥，但漸漸發現到那是有人在遠處講話的聲音。會是誰？

我戰戰兢兢地爬過許多大石頭，一直爬到較高的地點，才停下來俯瞰下方的小山谷。我整顆心揪在一起。下面是一條碎石路的十字路口，停了三輛軍用吉普車。大約有十二個軍人站在附近抽菸、聊天。我向後退，身體放低，順著原路往回走，直到在兩堆石頭之間找到藏身處。

我聽到從比路障還遠的地方傳來某種聲響。起初是低沉的嗡嗡聲，然後轉成旋轉、拍擊的聲音。我認得這種聲音，是直升機。

這一驚非同小可，我用最快的速度跨過路上的石頭，遠離路邊。在涉過一條小溪時我滑了一跤，膝蓋以下全濕了。我跳起來，再次拔腿狂奔，結果絆到一顆石頭，整個人往山坡下滑，不但褲子扯裂了，腳也磨破了。我掙扎著站起來，繼續往前跑，想找一個更安全的藏身處。

直升機愈來愈近，我縱身跳過另一段上坡路，正準備回頭看時，卻有人一把抓住我，把我往下拉進一個小山谷裡。是寅！那架大型直升機正飛越我們上方，我們躺在地上，動也不敢動。

「那是一架Z-9，」寅說。他神色驚慌，但我同時也感覺到他的怒氣。

「你為什麼離開我們野宿的地方？」他半吼著說。

「是你先走的！」我頂回去。

「我離開不到一小時。你應該在那裡等的。」

恐懼與憤怒在我體內爆發。「等？你為什麼沒告訴我你要先走？」

我還沒罵完，但又聽到直升機在遠處轉彎的聲音。

「現在該怎麼辦？」我問寅：「我們不能留在這裡。」

「回寺院去，」他說：「我之前就是在那裡。」

我點頭，站起來尋找直升機的蹤影。還好，它是轉向北邊。這時候，另外有樣東西吸引了我的目光。是我之前看到的那位僧侶，他正沿著溝渠朝我們走來。

他走到我們面前，用藏語和寅交談了幾句，然後看著我。

「請過來。」他用英語說，並拉著我往寺院走。

到寺院時，我們先跨過庭院側門，與許多站立的西藏人擦身而過，他們帶著許多袋子和各式各樣的物品。其中有些人看起來很窮。我們走到了寺院的主建築。這位僧侶打開木製的大門，帶領我們走過入口大廳，那裡聚集了更多的西藏人。經過他們身邊時，我認出其中一群人就是我之前看到的那一家人。他們用親切的眼神望著我。

寅注意到我在看他們，於是問我怎麼了。我解釋說，我之前在路上見過他們。

「他們會在那裡出現，是要把你帶到這裡來，」寅說：「但你卻因為太害怕而錯失良機。」

他嚴厲地看了我一眼，便繼續跟著那位僧侶走進一間小書房，裡面有書櫃、書桌、以及幾個禱告輪❷。我們在一張雕刻華麗的木桌旁坐下，那位僧侶和寅以藏語深入交談。

「讓我看看你的腿，」另一位僧侶從我們背後出現，用英語問我。他帶來一個小籃子，裡面裝著白色的繃帶和幾個藥瓶。寅的臉亮了起來。

「你們兩位認識嗎？」我問。

「你好，」那位僧侶說，欠身並伸出手來。「我是蔣帕（Jampa）。」

寅往我這邊靠過來。「蔣帕跟隨瑞格登喇嘛已經十多年了。」

「瑞格登喇嘛是誰？」

蔣帕和寅兩人面面相覷，似乎不大確定要告訴我多少。最後寅說：「我之前提過傳說的事。瑞格登喇嘛是最了解這些傳說的人。他是研究香巴拉最重要的專家之一。」

「把發生的事全部告訴我。」蔣帕把某種膏藥滴到我破皮的腿上，親切詢問。

我看了看寅，他點點頭，示意我照他的話做。

「我必須向喇嘛回報發生在你們身上的事。」蔣帕更進一步地說明。

❷禱告輪是喇嘛禱告時使用的工具，轉一周相當於一次禱告。

我開始告訴他從抵達拉薩起發生的每件事。我說完後，蔣帕看著我。

「在你來西藏之前呢？發生過什麼事？」

我把鄰居女兒和威爾的事告訴他。

他和寅對望了一下。

「那你目前有何想法？」蔣帕問。

「我在想，這裡發生的事超出我的理解範圍，」我說：「我正計畫到機場去，離開這一切令我迷惑的困境。」

「不，我不是這個意思，」蔣帕很快地接著說：「今天早上，當你發現寅走了的時候，你的態度，或者說你的心態是怎樣的？」

「我很害怕。我只知道那些中國人不用幾分鐘就可以逮住我了。我只好設想怎麼逃回拉薩去。」

蔣帕回頭看著寅，皺著眉頭。「他不知道禱告能場的事。」

寅搖搖頭，移開視線。

「我們曾討論過，」我說：「可是我並不知道它有多重要。你知道這些直升機的事嗎？他們是在追捕我們嗎？」

蔣帕只是笑一笑，告訴我不用擔心，在這裡很安全。接著有好幾位僧侶遞送湯、麵包、茶水過來，打斷了我們的談話。吃著這些東西的時候，我的思緒似乎變得比較清楚，於是我開始評估整個情況。我要知道這究竟是怎麼一回事。現在就要知道。

我意志堅決地看著蔣帕，他回看我，眼神深邃而溫暖。

「我知道你有許多疑問，」他說：「就盡量告訴你吧。我們是西藏這裡一支很特殊的教派，與一般教派不同。幾世紀以來，我們一直相信香巴拉是真有其地。我們也保留了傳說的知識，那是有如時輪大法❸那般古老且致力於統整所有宗教真理的口傳智慧。我們許多喇嘛透過夢境與香巴拉接觸。幾個月前，你的朋友威爾開始出現在瑞格登所做的香巴拉夢中。在這之後不久，威爾就被引導到這個寺院來。瑞格登喇嘛同意見他，於是發現威爾也同樣做著香巴拉的夢。」

「威爾和他聊了什麼？」我問：「他到哪裡去了？」

他搖搖頭。「恐怕你必須等等，看瑞格登喇嘛是否願意親自給你這個訊息。」

我看著寅，他勉強擠出一絲微笑。

「那些中國人呢？」我問蔣帕：「他們跟這一切又有什麼關係？」

蔣帕聳聳肩。「我們也不知道。也許他們對目前發生的事略知一二。」

我點點頭。

「還有一件事，」蔣帕說：「在所有的夢境中，毫無例外地都出現了另一個人，一位美國人。」

蔣帕就此打住，欠身鞠躬。「你的朋友威爾也不肯定，但他認為那個人就你。」

❸時輪（Kalachakra）意指「時間之輪」，象徵時間與輪迴之義。「時輪大法」是藏傳佛教中密教修持的主要方法。

我在蔣帕提供的房間裡沐浴更衣之後，便走到後院。有幾位僧侶正在菜園裡工作，宛如那些中國人並未干擾到他們似的。我眺望遠山，抬頭望天。沒有直升機的蹤影。

「你願不願意到那邊的長椅坐坐呢？」我背後有人說話。我轉過身，看到寅正從門口走出來。

我點頭同意，於是我們走上幾階種滿裝飾用植物和蔬菜的梯座，最後到了正對著一座精緻佛寺的休息區。遼闊的山脈勾勒出我們後方的地平線，往南望去，可一眼看到遙遙數哩的鄉間景致。許多人正走在路上，或拉著推車。

「瑞格登喇嘛在哪裡？」我問道。

「我不知道，」寅回答：「他還沒同意見你。」

「為什麼？」

寅搖頭。「不知道。」

「你認為他知道威爾在哪裡嗎？」

寅再次搖頭。

「你覺得中國人還在找我們嗎？」我又問。

寅只是聳聳肩，往遠處眺望。

「很抱歉，我的能量狀態很差，」他說：「請別讓這影響你。我只不過是滿腔憤怒。從一九五四年開始，中國人就一直很有系統地著手摧毀西藏文化。看看在路上走的那些人，他們有許多人以務農維生，卻因為中國人強制施行經濟改革而流離失所。另外有些是游牧民族，他們三餐不繼，因為這些政策攪亂了他們的生活方式。」他雙手握拳。

「中國人現在在做的事，和史達林在東北九省所做的一模一樣，他們讓好千名不相干的人，也就是中國民族，進駐西藏，企圖改變西藏的文化平衡，並施行中國人的生活方式。他們規定學校只能教中國話。」

「寺院門外的那些人，」我問：「為什麼到這裡來？」

「瑞格登喇嘛和這裡的僧侶致力幫助窮人。西藏文化正處於過渡時期，也因此現在是他們生活最艱苦的時候。這也就是中國人放瑞格登喇嘛一馬的原因，因為他幫忙解決問題，卻不會鼓動群眾反抗中國。」

講到這裡，寅流露出對瑞格登喇嘛的些許憤慨，但他立刻為此道歉。

「不，」他說：「我並不是說瑞格登喇嘛太過合作，只不過中國人做的事實在是太卑劣了。」他再次握拳，並以拳擊膝。「一開始，許多人以為中國政府會尊重西藏人的生活方式，以為我們能夠生存在中國政府的管轄中而不會失去一切。但中國政府一心一意只想毀滅我們。現在事態很清楚，我們必須開始阻礙他們，讓他們難以達成目的。」

「你是說要試著反抗他們嗎？」我問：「寅，你明知自己贏不了。」

「我知道，我知道，」他說：「但我一想到他們做的事就一肚子火。總有一天，香巴拉的戰士會騎著戰馬出來，打敗這些邪惡的怪物。」

「你說什麼？」

「這是我們宗派流傳的預言，」他看著我，搖搖頭。「我知道我必須處理自己的憤怒。憤氣瓦解了我的禱告能場。」

他猛然站起來，說：「我要去問蔣帕是不是已經和喇嘛談過了。請容我告退。」他欠身鞠躬後離開。

有一會兒，我只是眺望著此地的風景，試圖釐清中國占領西藏所造成的傷害。有那麼一剎那，我甚至以為自己聽到了另一架直升機的聲音，但聲音太遠，我無法確定。我知道寅絕對有理由憤怒。接著我又花幾分鐘思考西藏政治局勢的真相。突然間，我又興起打電話的念頭，心想，不知撥一通國際電話會有多困難。

我正準備起身走入室內，卻發現自己很累，於是深吸幾口氣，試圖專注在身旁的美景上。覆蓋著皚皚白雪的山巒，或青翠、或茶褐色，無不鮮明美麗，萬里晴空，只有西方地平線上飄著幾朵白雲。

我向遠處眺望，注意到在下方幾階的兩位僧侶抬起頭來，專注地朝我這個方向凝望。我轉頭看上面有何異狀，但沒看到什麼稀奇的事物，於是回頭朝他們微笑。

幾分鐘後，其中一位僧侶帶著裝滿工具的竹籃，步上石階，往我這邊走來。到我身旁時，他客氣地點點頭，然後開始在我右邊二十呎的花床上除草。過了幾分鐘，又多了一位僧侶加入他，也開始掘土。他們偶爾會抬頭看我，眼神充滿好奇，並恭敬地點頭。

我深吸幾口氣，再度凝望遠方，思考寅說的有關他禱告能場的事。他擔心自己對中國政府的憤怒將瓦解他的能量。這話是什麼意思？

我突然感覺到太陽的溫暖，並開始有意識地去感受太陽的光輝，體驗來到西藏之後從未有的寧靜。我閉上雙眼，又深吸一口氣，卻聞到一種不尋常的香甜氣味，也許是花朵的芳香。我第一個想法是，那兩位僧侶摘了些花放在我身旁。

我睜開雙眼，卻發現附近一朵花也沒有。我試著感覺是否有微風把香味吹到這裡來，但一縷風也沒有。我看到那兩位僧侶放下他們的工具，目瞪口呆地盯著我瞧，好似看到了什麼怪事。我又回過頭去看，想弄清楚怎麼回事。他們發現打擾到我了，於是手忙腳亂地收拾傢伙，拎起竹籃，幾乎一路奔跑著回寺院。好一陣子，我目送他們離開，其間他們回頭偷瞄，想看我是否仍在望著他們，紅色的僧袍搖擺、晃動著。

我走下去，一進入寺院，就知道有熱鬧的事正在進行。那些僧侶們四處跑著，並且輕聲交談。

我沿著一條走廊走進房間，打算詢問蔣帕電話的事。我的心情比較好了，但我又開始質疑自己自我保護的意識。我非但未試著離開這個國家，反而被扯進這裡發生的事，而且愈陷愈深。如果我被捕的話，誰知道那些中國人會怎麼對付我？他們知道我的名字嗎？也許現在連搭飛機離開都已經太遲了。

我正準備站起來去找蔣帕，他卻突然衝了進來。

「瑞格登喇嘛已經答應見你了，」他說：「這是莫大的榮幸。別擔心，他說著一口流利的英語。」

我點點頭，心裡有些緊張。

蔣帕站在門口，一副充滿期待的樣子。

「我來帶你去，現在跟我走。」他說。

我起身跟著蔣帕走。他帶著我穿越一間特意挑高、平面空間也非常寬敞的房間，然後走進另一側的小房間。五、六名手上拿著禱告輪和白領巾的僧侶，用充滿期待的眼神看著我們走到前面坐下。寅在很遠的角落朝我們揮手。

「這是招待室。」蔣帕說。

招待室內部採原木裝潢，漆成淡藍色。牆上垂掛著手工製的壁飾和檀城[4]。我們等了幾分鐘，瑞格登喇嘛走了進來。他比其他僧侶高䠷，但同樣穿著紅色僧袍。他從容地環視每個人之後，便呼喚蔣帕向前。他們互碰額頭，然後他在蔣帕耳邊輕聲說一些話。

說完後，蔣帕立刻轉過身來，做手勢要其他僧侶和他一起出去。寅也準備離開，但在走之前，他匆匆瞥了我一眼，微微點頭，我認為他是在對我表示鼓勵之意。許多僧侶把他們的領巾遞給我，興奮地點頭。

等大家都走光後，瑞格登喇嘛便示意我走向前，坐在他右手邊一張靠背挺直的小椅子上。我走向前，微微欠身，然後坐下。

「謝謝你接見我。」我說。

他點頭微笑，打量了我好一會兒。

「我能請教你有關我朋友威爾森・詹姆士的事嗎？」我開口問：「你知道他在哪裡

嗎？」

「你對香巴拉了解多少？」瑞格登喇嘛反問了我一個問題。

「我想，我一直都把它當成是想像出來的地方，只是一種幻想。你知道，就像香格里拉。」

他側著頭，用一種理所當然的口吻回答：「香巴拉是真正地存在於地球上，它是人類社群的一部分。」

「那為什麼從未有人發現它的所在位置？又為什麼這麼多傑出的佛教徒提到香巴拉時，都把它當成是一種生活方式、一種思想態度？」

「因為香巴拉的確代表一種生存與生活的方式，用這種方式描述它其實並無不可。但它同時也是個真正存在的地方，在那裡的人已經達成彼此和諧一致的生活方式。」

「你去過那裡嗎？」

「沒有，我沒去過，我還未受到召喚。」

「那你為什麼可以如此肯定呢？」

「因為我夢到過香巴拉許多次，而且世界上許多高僧也做過同樣的夢。我們相互比對夢境，發現內容極為相似，因此我們知道，世界上確實有著這麼一個地方。而且，我們也相信傳說中的神聖知識，它解釋了我們與這個神聖社區的關係。」

❹壇城（mandala），或譯為曼達拉，繪有菩薩形體的畫像。

「怎麼樣的關係？」

「在香巴拉尚未現身讓世人知道它的存在時，我們必須保守這個祕密。」

「寅告訴過我，有些人相信，香巴拉的武士最後將抵達西藏，擊敗中國人。」

「寅的憤怒對他很危險。」

「這麼說，他是錯的囉？」

「他是從人類的角度說話，用戰爭和實質戰鬥的觀點，看待『擊敗』這回事。究竟這則預言是否會成真，還沒有人知道。我們必須先了解香巴拉，但我們也知道，即使預言實現了，那也會是一種截然不同的戰爭。」

我覺得最後一句話很玄，但喇嘛的態度如此悲天憫人，讓我心生敬畏卻不困惑。

「我們相信，」瑞格登喇嘛繼續說：「世人知道香巴拉生活方式的時刻已經不遠了。」

「喇嘛，請問你是如何知道的？」

「一樣，也是因為作夢。你的朋友威爾曾來到這裡，你一定已經聽說了。我們把他的出現，看成是非常重要的徵兆，因為我們之前曾夢到過他。他也曾聞到過香味、聽到過聲音。」

我嚇壞了。「哪一種香味？」

他微笑道：「你今天稍早時聞到的香味。」

原來，那兩位僧侶之所以會出現那種反應，以及瑞格登喇嘛突然決定要接見我，都是因為這個緣故。

「你也被召喚了，」他又說：「傳遞香氣是很罕有的一件事。我之前只見過兩次，第一次是我和我老師在一起的時候，另一次就是你的朋友威爾在這裡的時候。現在，這事又發生在你身上。我本來不知道是否該見你，因為輕浮地談論這些事是很危險的。你也聽到呼喚了嗎？」

「沒有，」我說：「我不知道那是什麼。」

「那便是來自香巴拉的呼喚。只要凝神細聽，尋找一種特別的聲音。等聽到的時候，你就會知道那是什麼了。」

「喇嘛，我不想再到別的地方去了。我覺得這裡很危險。中國人好像知道我是誰，我認為我應該盡早回美國去。你能不能乾脆告訴我可以在哪裡找到威爾？他在附近嗎？」

喇嘛搖搖頭，露出非常傷心的神色。「沒有，恐怕他已經下定決心要走下去了。」

我沉默不語。有很長一段時間，瑞格登喇嘛只是靜靜看著我。

「你還必須知道另一件事，」他說：「夢境很清楚地顯示，如果沒有你，威爾會在這次的嘗試中喪命。他如果要成功，你也必須在那裡。」

一波恐懼的浪潮流過我全身，我故意移開視線。這不是我想聽的。

「傳說提到，」瑞格登喇嘛接著說：「在香巴拉，每一代子民都有它特有的使命，那裡的每個人都知道、也都會談論到這個使命。在香巴拉外面的人類文化也是如此。有時候看著上一代的勇氣和意志，我們便會獲得強大的勇氣與更清晰的想法。」

我不明白喇嘛為何突然這麼說。

「你父親還健在嗎？」他問。

我搖頭。「幾年前過世了。」

「他曾參與一九四〇年代的世界大戰嗎？」

「是的，」我回答：「他參戰過。」

「他有親自上戰場嗎？」

「是的，重要的戰役他多半都有參與。」

「他曾告訴過你他所遇過最恐怖的事情嗎？」

他的問題把我拉回年輕時與父親討論的情景。我思考了一會兒。

「大概是一九四四年奧馬哈海灘，諾曼地登陸那一次。」

「啊，沒錯，」喇嘛說：「我看過你們美國人拍攝有關諾曼地登陸的電影。你看過那些電影嗎？」

「有，我看過，」我說：「它們讓我非常感動。」

「這些電影訴說軍人的恐懼與勇氣。」他又說。

「沒錯。」

「你認為你能做到那些事嗎？」

「我不知道。我不懂他們怎麼做得到。」

「也許對他們來說比較容易，因為這是那一代人的天命。他們每個人或多或少都會察覺到這個天命：打仗的人，製造武器的人，供應食物的人。在最危急的時刻，他們拯救了世界。」

他停了下來，似乎在等我提問題，但我只是望著他。

「你這一代的使命就不一樣了，」他說：「你們也一樣，必須拯救這個世界，但要用另一種不同的方式。你必須了解，在你體內，有一股強大的力量，能被開發、能被擴展，這種力量，是一向被稱為『禱告』的心智能量。」

「我曾聽人這麼說過，」我說：「但我想我仍不知如何使用這種能量。」

聽到我這麼說，他面帶微笑，慢慢地站了起來，看著我，眼裡閃耀著光芒。

「沒錯，」他說：「我知道。但你會明瞭的，你會明瞭的。」

我躺在房間的帆布床上，思考瑞格登喇嘛說過的一字一句。當時他驟然終止談話，揮手示意我別再問任何問題。

「現在去休息了吧，」他說，同時搖晃一個鈴鐺，呼喚幾位僧侶進來。鈴鐺發出清脆響亮的聲音，「我們明天再聊。」

稍後，蔣帕和寅兩人要我轉述瑞格登喇嘛所說的每一句話，但天知道他留給我的問題比告訴我的答案還要多。我仍不知威爾去了哪裡，也不知道香巴拉的呼喚究竟是什麼意思。香巴拉聽起來既虛幻又危險。

寅和蔣帕不肯討論這些問題。當晚剩餘的時間，在早早上床睡覺前，我們一邊吃東西，一邊觀賞周圍景致。而現在，我發現自己正瞪著天花板，遲遲無法入睡，滿腦子混亂的思緒。

我在腦海裡反覆回想抵達西藏後的所有經歷，最後不知不覺沉入斷斷續續的睡夢中。我夢到自己在拉薩奔跑穿越人群，尋找其中一間寺院的神壇。門口的僧侶看了我一眼，便把門關上。士兵追來。我跑過一條條漆黑的巷弄，心中已不抱任何希望。跑到一條街尾時，我向右看，發現有個區域比較明亮，和我以前見的情況類似。等我靠近那個地區時，亮光逐漸消失，但是眼前有一扇門。士兵已包圍住我身後轉角處，我衝進門內，卻發現自己身在冰天雪地之中……

我倏然驚醒。我在哪裡？慢慢地，我認出了這個房間，於是下床走到窗前。天才剛破曉。我試著擺脫夢境，想再回床上繼續睡覺，卻怎麼也睡不著了。我已經完全清醒了。

我套上長褲和夾克，下樓走出屋外，來到菜園邊的庭院，在一張裝飾華麗的金屬長椅上坐下。我凝望著日出景致，聽到背後傳來聲響。我回頭一看，有個人影正從寺院往我這兒走來。是瑞格登喇嘛。

我站起身，向他深深地一鞠躬。

「你起得真早，」他說：「希望你睡得還安穩。」

「我睡得不錯，」我說。我看著他往前走，將手上的穀粒撒到噴水池中餵魚。魚兒吞食穀粒時，池中冒起一波波的漩渦。

「你做了什麼夢？」他說，但未轉頭看我。

我告訴他夢中的追逐和那塊發亮的地帶。他驚訝地看著我。

「你醒著的時候，也有過同樣的經歷嗎？」他問。

「在這趟旅程中就發生過幾次，」我說：「喇嘛，這是怎麼一回事呢？」

他微笑，在我對面的長椅坐下。「空行母幫了你。」

「我不明白。空行母是什麼？威爾留給寅的字條上也提到空行母，可是在那之前，我從未聽過這個名稱。」

「空行母來自靈界。他們通常以女性的模樣出現，但他們可以隨心所欲地變換外型。在西方，他們被稱為天使，但他們比大多數人所想的還要神祕。恐怕只有香巴拉的人才真正了解他們。傳說中說，他們是用香巴拉的光移動的。」

他頓了頓，饒富深意地看著我。「你決定要回應這個呼喚了嗎？」

「我不知道要從何開始。」我說。

「傳說會指引你。傳說提到，等香巴拉想被世人知道時，大家自然就會知道，因為屆時將有許多人開始了解香巴拉的人是如何生活的，而他們的生活，也就是禱告能場背後的真理。禱告並不是一種當情況特殊時，我們決定坐下來禱告，才能實現的力量。當然，禱告在這些時刻也會發生效用，但它在其他時候也會有作用。」

「你是在說一種持續的禱告能場嗎？」

「沒錯。我們所期望的每件事，無論是好是壞，有意識或無意識的，都是在幫著讓期望成真。我們的禱告是一種能量或力量，從我們身上向四方散發出去。這種力量在以一般方式思考的多數人身上，不但非常微弱，而且互相牴觸。但對那些在生活中成就非凡，或創意獨具、事業有成的人來說，這種能場就非常強烈，雖然這些人通常感覺不到它的力量。這群人之所以產生強大的能場，多半是因為在成長的環境當中，他們學習到要期望成功，而且或多或少都認為成功是理所當然的。他們有強而有力的角色模範可供仿效。但傳說也提到，所有人不久後都將了解這種力量，也會明白我們使用這種能量的能力是可被強化、擴展的。

他接著說：「我告訴你這些，是要解釋如何回應香巴拉呼喚的問題。若想找到香巴拉聖地，就必須有系統地擴展你的能量，直到散發出的創造力量能夠到達那裡為止。要做到這件事，首先要從傳說所指示的開始做起，整個程序包含三個重要步驟。除此之外還有第四個步驟，但只有香巴拉的人才清楚。這也就是為什麼香巴拉這麼難找到的原因了。因為即使經由前三個步驟成功地擴展了自己的能量，但想找到進入香巴拉的通道還是必須要有外力幫忙。必須要有空行母來開啟入口大門才行。」

「你稱空行母為靈體，他們是在身後世當我們引導者的那些靈魂嗎？」

「不是，空行母是另一種靈體，他們的職責是喚醒人類、引導人類。他們不是人類，也從不是人類。」

「也就是天使囉？」

喇嘛微微笑。「他們就是他們，真相只有一種。每個宗教都賦予他們不同的稱號，就好像每種宗教都用不同的方式來描述上帝，說明人們該以哪種方式生活。但無論是哪一種宗教，與神接觸的經驗，以及愛的能量，都是相同的。每個宗教對於這種關係，以及探討這種關係的方式，都各自有一套源遠流長的說法，但神的源頭卻只有一個。就和天使一樣。」

「所以你並非完全的佛教徒囉？」

「我們這一派和我們保存的傳說是有佛教淵源，但我們支持融合所有的宗教。我們相信，每個宗教各有其真理，而這個真理必須與其他宗教的真理結合。融合其他宗教的真理，卻不失其傳統的獨立性或基本真理，事實上是有可能的。舉例來說，我也可以說我自己是基督徒、猶太教徒、或回教徒。我們相信香巴拉的人也致力於整合所有宗教的真理。他們這麼做的精神，就和達賴喇嘛讓任何心誠的人都得知時輪大法的直覺一樣。」

我呆望著他，設法吸收他所說的每一句話。

「不必急著要現在了解每件事，」瑞格登喇嘛說：「只要知道，整合所有宗教真理是很重要的，如果禱告能的力量擴展得夠大，便足以消弭心存恐懼的人所帶來的危險。另外，要記得，空行母是真實存在的。」

「要在什麼狀況下，他們才會幫助我們呢？」我問。

瑞格登喇嘛深吸一口氣，陷入長考。這個問題似乎引起了他的挫折感。

「我窮盡一生想了解這問題，」他最後開口道：「但必須承認，我找不到答案。我想，這是香巴拉的一大祕密，在世人尚未了解香巴拉之前，這個祕密不會有人曉得。」

「可是，你不是以為，」我插嘴道：「空行母正在幫我嗎？」

「是的，」他肯定地說：「他們也在幫你的朋友威爾。」

「那寅呢？他在這裡面扮演什麼角色？」

「寅在寺院裡遇見你的朋友威爾。寅也夢到過你，但他夢到的內容，和我或其他喇嘛夢到的都不一樣。寅在英國受教育，因此非常熟悉西方人的方式。他將擔任你的嚮導，雖然他很不甘願，這點你應該也看出來了吧。但這只是因為他不想讓任何人失望。他會當你的嚮導，帶你到他所能到達最遠的地方。」

他再次停頓，充滿期待地看著我。

「那中國政府又是怎樣？」我問：「他們在做什麼？他們怎麼對這一切這麼感興趣？」

瑞格登喇嘛垂下雙眼。「我不知道。他們似乎察覺到正在發生的事與香巴拉有關。他們一直想打壓西藏的靈性，以目前的情勢看來，他們似乎已經發現我們這一派了，因此你必須格外小心。他們非常忌憚我們。」

我的臉轉向他處，腦子裡仍想著那些中國人。

「你決定了嗎？」他問。

「你是指決定何去何從嗎？」

他同情地微笑。「是的。」

「我不知道。我不確定我是否有勇氣承擔失去一切的危險。」

瑞格登喇嘛只是望著我，然後點了點頭。

「你提過我們這一代所肩負的挑戰，」我說：「我還是不懂。」

「第二次世界大戰，還有冷戰，」格瑞登喇嘛開始說：「是你前一代所面臨的挑戰。

科技的大躍進，讓許多國家掌握了威力強大的武器。在這股國家主義的狂熱中，集權主義的勢力不斷企圖統治民主國家。本來集權主義的威脅會繼續延燒，但民主國家的老百姓為了保衛自由而奮戰、而身亡，因此才確保了世界民主的成功。所以，你肩負的任務，和你父母輩不同。你們這一代的任務，在本質上，與第二次世界大戰那一代不同。他們必須用暴力和武器對抗一種特殊的專制政治，你們則必須對抗戰爭和敵人的觀念，但這也一樣需要勇氣。你明白嗎？原本你父母輩是不可能完成他們的任務，但他們堅持到底。你也必須如此。集權主義的勢力尚未消除，它們只是不再透過有國家企圖建立帝國的方式來表現。現在，專制的力量是國際性的，而且微妙許多。他們利用的，是我們對科技、對信用的依賴，以及對便利的渴求。他們出於恐懼，企圖將所有高科技的發展集中在少數人手裡，如此便可確保他們的經濟地位，也可控制世界未來的演化。」

然後他說：「時至今日，以武力對抗他們是完全不可能的。現在，必須藉著『自由』的演變來捍衛民主。我們必須將憧憬的力量，以及從我們身上流出的期望，當成是一種持續的禱告。這股力量比當今任何已知的都要強大，我們必須熟習這種力量，在還來得及之前開始使用它。種種徵兆顯示，香巴拉那裡出現了轉變。它正在開放、正在遷移。」

瑞格登喇嘛堅定地看著我。「你必須回應香巴拉的呼喚。這是用來榮耀前人事蹟的唯一方法。」

他的話讓我焦慮了起來。

「那我必須先做什麼呢？」我問。

「完成能量延伸，」瑞格登喇嘛回答：「這並不容易做到，因為你會害怕、會生氣。但如果你堅持下去，入口會自動出現在你面前。」

「入口？」

「沒錯。我們的傳說提到，香巴拉有好幾處入口，其中一個在印度境內的喜馬拉雅山東區，另一個在西藏西北，就在中藏邊界處，還有一個是在蘇俄境內很遠的北邊。那些徵兆將引導你走到正確的入口。當你無所適從時，就潛心依靠空行母。」

瑞格登喇嘛說話的時候，寅從外面走了進來，手上拿著我們的行李。

「好吧，」我說，其實心裡愈來愈害怕：「我試試看。」在吐出這些話的當兒，我還是無法相信這些話是出自自己口中。

「別擔心，」瑞格登喇嘛說：「寅會幫你。只要記住，在找到香巴拉之前，你必須先延伸從你身上發散到這個世界上的能量層次。除非做到這一點，否則你是到不了香巴拉的。你必須熟習期望的力量。」

我看著寅，他勉強露出微笑。

「該走了。」他說。

3 修練能量

我們走到寺外，我看到一輛褐色、硬頂的吉普車就停在路邊，車齡也許已有十年。一走近，就可以看到車內裝著保溫箱、一盒盒乾糧、睡袋、以及厚重的夾克，車後還綁了好幾罐油桶。

「這些東西是打哪來的？」我問。

寅對我眨眨眼。「我們已經為這趟旅程準備很久了。」

我和寅便自瑞格登喇嘛的寺院出發，在一條寬闊的碎石路上往北開了幾哩，然後轉進一條狹窄的小徑，這條小徑比行人步道寬不了多少。吉普車繼續往前行駛了好幾哩，長長的旅途，我和寅一句話也沒說。

其實，我是不知道該說些什麼。我同意踏上這趟旅程，純粹是因為瑞格登喇嘛說的那一番話，另外也是為了報答威爾過去為我所做的事。但現在，我開始感受到這個決定所帶來的焦慮感。我試著甩開心中的恐懼，回想瑞格登喇嘛的叮嚀。他叫我要熟習期望的力量，這是什麼意思？

我回頭看寅。他正專注於路況。

「我們要往哪裡去？」我問。

他頭回都不回地說：「這條路是通往友誼公路（Friendship Highway）的捷徑。我們必須往西南走到定日（Tingri），它就在珠穆朗瑪峰附近。這段路程差不多要花上一整天，而且高度會愈來愈高。」

「那裡安全嗎？」

寅看了我一眼。「要非常小心。我們會先去找韓先生（Mr. Hanh）。」

「他是誰？」

「有關禱告能量的第一個延伸（First Extension），他是知道得最多的人，那也是你一定要學的。他來自泰國，滿腹經綸。」

我搖搖頭，望向別處。「我不知道你所說的延伸是什麼意思。」

「你知道自己有個能場，對吧？你身上無時無刻都有禱告能場往外流。」

「沒錯。」

「你也知道這個能場會影響這世界、影響所發生的事吧？你知道它可以很小、很弱，也可以很廣、很強。」

「我想我知道。」

「嗯，有一些特定的方法，可以用來延伸、拓展你的能場，之後你就能變得更有創意、更有力量。傳說提到，總有一天，所有人都會知道該如何擴展自己的能量。只是你現在就必須做到，如果你想到香巴拉、想找到威爾的話。」

「你已經能做到這些延伸了嗎？」

寅皺眉。「我可沒這麼說。」

我只是看著他。這可好了，如果連寅都做不到，那我又怎能做到？

我們又開了好幾小時，一路上沒人說話，倒是吃了些堅果和蔬菜，途中在一個卡車休息站停下加油並稍事休息。入夜之後，便抵達定日。

「在這裡得非常小心，」寅說：「我們目前在潤布（Rongphu）寺院和珠穆朗瑪峰露營區附近，這裡會有中國士兵監視觀光客和登山者的行動。不過，在這裡，我們也能看到珠穆朗瑪峰北面美不勝收的景致。」

車子轉了好幾個彎，最後來到放眼盡是老舊木造建築的地區。在這些建築後方有一間簡單的泥磚房。

韓住處周圍的庭院被照料得完美之至，花圃裡細心栽種了一些植物，另外還有岩石庭園。我們往前行駛，一位身材高大，穿著七彩手工刺繡長袍的老人走了出來，站在門前台階上。他看來雖有六十多歲，但走動時感覺卻年輕許多，而且還留了個大光頭。

他瞇起眼睛想看清楚來者何人。寅朝他揮揮手。他認出寅之後，臉上露出微笑，朝我們走來。我們跳下吉普車。

寅與韓用藏語交談了一會兒，然後寅指著我說：「這位是我的美國朋友。」

我告訴韓我的姓名，他微微欠身，握住我的手。

「歡迎，」他說：「請進來。」

韓轉身走回屋內。寅把手伸進吉普車內，拿出他的行李。「帶著你的背包。」他說。

屋內裝潢樸實，滿是色彩鮮豔的西藏繪畫和地毯。我們走進一間小客廳，從我站的地方，可看到大多數的房間。左邊是一間小廚房和一間臥室，右邊是另一間房間，看起來像某種治療室之類的，房間正中央有一張按摩桌或檢查桌，在其中一面牆上，排列著陳列櫃和一個小洗手台。

寅又用藏語對韓說了些話，我聽見他提到我的名字。韓彎身向前，神態中多了份警覺。他朝我看一眼，深吸一口氣。

「你非常害怕。」韓說，非常仔細地打量我。

「別開玩笑了。」我回答。

聽了我挖苦的口氣，韓格格笑出聲來。「如果你想完成這趟旅程的話，我們就得想辦法解決這個問題。」

他繞著我走動，察看我的身體狀況。

「香巴拉的人，」他開始說：「和其他多數人類的生活方式不同。他們一向都過著不同的生活。事實上，從以前到現在，多數人的能量層次和香巴拉的人一直有很大的落差。但到了最近，所有人類都已經發展並增強了自己的意識，因此這樣的落差便減緩了，但兩者間還是有很大的差距。」

韓說話時，我看了寅一眼。他似乎和我一樣緊張。

韓也察覺到這一點。「寅也和你一樣害怕，」他說：「但他知道，他有能力處理這種恐懼感。我想你還不明白這一點。你必須開始以香巴拉人的方式行動和思考。你必須先培養自己的能量，然後再穩定你的能量。」

韓在此打住，並再次專注地觀察我，然後露出微笑。

「你經歷過許多事了，」他說：「你的能量應該更強才對。」

「也許是我不夠了解能量吧。」我回答。

「喔，不是這樣，你了解的，」韓開懷地笑：「你只是不想改變自己的生活方式。你其實想要這些觀念讓你情緒激昂的，但之後你又只想過著無意識的生活，你大概一向都是如此的吧。」

我們之間的談話，並非以我想要的方式進行，因此我原先的恐懼感被輕微的怒氣所取代。

我站在那裡，韓繞著我走了好幾趟，依然專注地上下打量著我。

「你在看什麼？」我問。

「我在評估一個人的能量層次時，會先看這個人的體態，」韓用一副例行、平淡的口吻說：「目前你的體態還不錯，你曾花心血在這上頭，對嗎？」

他真是觀察入微。我年少時，有一年發育得非常快，結果身體卻變得很不好，常背痛、頭痛。等我開始每天早上練習一些瑜伽的基本姿勢之後，情況才開始好轉。

「你的能量還是沒能很順暢地往上流。」韓又說道。

「光看著我，你就可以知道這一點？」我說。

「除了看你之外，我還感覺你。能量的數量和強度，就像是你在一個房間裡受注意的程度。你一定曾看過有人一走進屋內，就立刻引起他人注意或成為眾所矚目的焦點。」

「沒錯，當然。」我又想起加德滿都旅館游泳池畔的那個人。

「一個人的能量愈強，其他人就愈能感覺到他的存在。但後來你會發現，這種能量常常是透過自我（ego）展現出來，所以一開始會讓人感覺很強烈，但後來卻會迅速消散。不過，對其他人來說，這是一種真正的、持續的能量，而且一直都很可靠。」

我點頭。

「你有一點很不錯的，是你心胸很開闊，」韓接著說：「你曾經歷過一種神祕的開啟，一股神聖的能量突然流進你體內，這件事發生在過去，有這回事嗎？」

「是的。」我說，回憶起我在祕魯山區的那次經歷。即使是現在，那次經驗仍歷歷在目。我拉著繩子末端，確定自己就快被祕魯士兵殺了。突然間，一股不尋常的平靜、幸福與輕鬆的感覺灌入心中。那是我第一次體驗到許多宗教的神祕家所說的「入定狀態」（transformative state）。

「那股能量是如何充滿你的？」韓問：「它究竟是怎麼發生的？」

「一種寧靜的感覺急湧而至，所有的恐懼瞬間消逝。」

「那股能量是如何移動的？」

我從未思考過這問題，但我很快地想起來。「它似乎是從我的脊柱開始，往上一直竄升到頭頂，把我的身體往上拉抬。我感覺自己飄浮在空中，好似頭頂上綁了一根繩子，把我往上拉。」

韓贊同地點頭，然後直視我的眼睛說：「整個過程持續多久？」

「並不久，」我回答：「但我已經學會如何將周遭的美吸納入體內，以再次點燃這種感覺。」

「你所欠缺的練習，」韓說：「是吸入這份能量，然後有意識地將它保持在更高的層次。這就是你必須完成的第一個延伸。你必須不斷讓能量更完整地流入。要達到這目標，必須很精確地做到下面這點：一旦建立這種能量，要注意不要讓自己其他的行為侵蝕到你的能量場。」

他頓了一會。「明白嗎？你必須用剩餘的生命來支持更高的能量。你的行動必須與這種態度一致。」他促狹地看了我一眼：「換句話說，你必須有智慧地過日子。現在，吃飯吧。」

他消失到廚房裡，再出現時，手裡拿著一大盤蔬菜，旁邊放著某種醬汁。他帶著寅和我走到一張桌子旁，把蔬菜分到三個較小的碗裡。我們很快便清楚這些食物也包含了韓所要傳達的訊息。

我們吃著這些蔬菜，韓又繼續說：「如果拿死掉的東西當食物，就不可能維持更高的能量。」

我移開目光，深感不耐。如果他想發表一場飲食演說，我可要充耳不聞。

我的態度似乎激怒了韓。

「你瘋了是不是？」他幾乎是扯著喉嚨叫道：「你是活是死，可能全得靠這個資訊，而你卻不肯花點心思學這個？你是怎麼想的？你以為你可以用任何你想要的方式生活，然後還可以成就重要的事嗎？」

他安靜下來，斜眼瞪視著我。我明白他是真的生氣，但其中卻也帶點裝模作樣的意味。我感覺到他此刻給我的訊息不只是單一層面的。我回望他，忍不住微笑。韓真是非常討人喜歡。

他拍拍我的肩膀，也對我微笑。

「大部分的人，」他接著說：「年輕的時候充滿了能量與熱情，到了中年，就漸漸、慢慢地往下沉淪，但他們卻假裝沒注意到這回事。畢竟，他們的朋友也處在這種狀態，而他們的孩子生龍活虎，所以他們把愈來愈多的時間花在四處坐坐和品嘗美食這些事上。

「不久之後，他們便開始喋喋不休地抱怨，嘮叨自己的慢性病症狀，例如消化困難或皮膚過敏等，他們以為這是上了年紀的問題，因而含糊帶過。然後，到了有一天，他們得了重病，不治療的話就好不了。這時候他們通常會去找醫生，而醫生只專注於治療，並不強調預防的重要，於是他們開始服用藥物，有時病症會好轉，有時卻非如此。接著，一年一年過去，他們染上某種日漸惡化的病症，終於他們知道自己快死了。他們唯一的安慰是，他們以為發生在自己身上的事也會發生在每個人身上，誰也逃不掉。可怕的是，這種能量的崩潰，在某程度上，甚至也會發生在那些重視心靈生活的人身上。」他往我這邊靠過來，並且假裝四處巡視屋內，看看是否有人在偷聽。「包括一些我們最受敬重的喇嘛。」

我想笑，卻又不敢笑出來。

「如果我們尋求更高的能量，同時卻又吃著耗損能量的食物，」韓繼續說：「我們便什麼也做不成。我們必須評估所有我們一貫允許進入我們能場的那些能量，尤其是食物。如果我們想讓自己的能場保持強壯的話，除了最好的能量，其他的都要避免。」他又往我這邊挨近。「這一點，多數人都很難做到，因為我們都對目前吃的食物上癮了，而這些食物多半毒得可怕。」

我移開目光。

「我知道外界有許多與食物有關的資訊互相矛盾，」他接著說：「但真相同時也能在外界找到。我們每個人都必須做研究，讓自己看得更廣。我們是靈體，我們來到這個世界，是要提升自己的能量。但我們在這裡發現的許多事物，卻純粹是為了感官喜樂和消遣而設計的，其中多數損耗了我們的能量，拉著我們走向生理崩潰之路。如果我們相信自己是能量體，就必須走在一條狹窄的路上，穿越這些引誘。如果你回溯人類進化的過程，你會看到，一開始，我們必須實驗各種食物，而且只能透過嘗試錯誤的方法，去發現哪些食物對人有益、哪些又會致人於死。吃這棵植物，可以活下去；吃那株植物，就會死亡。在歷史上這個時刻，我們已經明白什麼會殺死我們，但才正慢慢明瞭，哪些食物能延年益壽，使我們的能量保持在高水準，而哪些食物終會逐漸耗損我們的能量。」

他停頓一會，似乎要確定我是否了解。

「香巴拉的人有較高的眼界，」他又說：「他們知道身為人類的我們的真實身分。我們看起來是有形有體的生物，有血有肉，但我們是原子！是純能量！你們的科學也已證實了這一點。更深入地探究原子，首先會看到分子，到了更深的層次後，分子便會消失成為純能量的形式，以某種頻率振動著。如果從這種角度看待我們的飲食方式，便可明白，我們當作食物吃進體內的東西，會影響我們的振動狀態。有些食物能增強我們的能量和振動，有些食物卻會使能量減弱。真相就是這麼簡單。所有疾病，都是振動能量下降的結果。當我們的能量下滑到某一點時，這個世界上被預設來瓦解我們身體的天然力量就會出現了。」

他看著我，好似自己說了些非常深奧的話。

「你說的是生理瓦解嗎？」我問。

「沒錯。再回來看這整件事。任何生物死亡時——也許是一隻被車撞死的狗，也許是一個久病過世的人——體內的細胞會立刻失去振動頻率，變成酸性的化學物質。這種酸性狀態是種信號，通知世界上各種微生物——病毒、細菌、黴菌，分解這個死去組織的時候到了。這是微生物在這個物質宇宙的任務：讓身體回歸塵土。」

「我之前說過，」他又說：「當身體的能量因為吃進去的食物而下降時，我們就很容易感染疾病。整個過程是這樣的：我們所吃的食物產生了代謝作用，在體內留下廢棄物或殘渣。這些殘渣的本質非酸即鹼，要看是哪一類食物。如果是鹼性，那麼我們身體只須用很少的能量，就能很快將這些殘渣排除。但是，如果這些廢棄物是酸性，那麼人體的血液和淋巴系統便很難消滅它們，於是它們將以固體的形式留存在我們的器官和組織裡。這種固體是一種低振動頻率的結晶，會阻礙或中斷我們細胞的振動。這種酸性副產品在體內留存愈多，細胞組織的酸性通常就愈高，你猜再來會怎樣？」

他又用誇張的表情看著我。「這時就會出現某種微生物，它感測到了這種酸性，於是說道：『喔，這個身體已經準備好要被分解了。』了解了嗎？任何有機體死亡時，身體會迅速轉化成一種高度酸性的環境，於是很快被微生物分食殆盡。如果我們的身體開始接近這種酸性，或者說呈現這種死亡狀態，也等於是開始暴露在微生物的攻擊之下。所有人類的死亡，都是受到這種攻擊的結果。」

韓說的話完全合理。很久以前，我偶然在網路上發現一些有關身體酸鹼值的資訊。而且，我似乎還憑著直覺知道了這一點。

「你是在告訴我，我們所吃的食物，是我們生病的直接成因？」我問。

「沒錯，不對的食物會使我們的振動頻率降低，等低到某一點，大自然的力量就開始讓我們的身體回歸塵土。」

「但那些並非由微生物引起的疾病呢？」

「所有的疾病，都是因為微生物有所行動才會出現。你們西方人自己的研究也顯示出這一點。你們已經發現了心臟病的動脈病兆，以及與癌症腫瘤出現有關的各種微生物。不過，你要記住，這些微生物只是在盡本分。引發酸性環境的飲食，才是真正的肇因。」

他停了一下，接著又說：「你要徹底掌握住這個觀念。我們人類要不就是處於鹼性、高能量的狀態，要不就是酸性的狀態，酸性狀態告知我們體內、或偶然經過的微生物，我們已經準備好要分解了。從字面上來看，疾病表示我們身體某部分腐壞了，因為我們周遭的微生物已被告知我們快死了。」

他又再度頑皮地看著我。

「抱歉如此唐突，」他說：「可是我們時間不多了。我們所吃的食物，幾乎可以決定我們是酸性或鹼性的。會在體內留下酸性物質的食物，通常都是重口味、過度烹煮、過度加工的食物和甜食，例如肉類、麵粉、糕餅、酒精、咖啡、和較甜的水果。鹼性的食物比較翠綠、新鮮，而且比較具有活性，例如新鮮的蔬菜和蔬菜汁、多葉的青菜、芽菜，以及酪梨、番茄、葡萄柚、檸檬等類的水果。這真是再簡單也不過了。我們是在一個能量與心靈世界裡的靈體。你們這些西方人在成長的過程中，可能以為烹煮過和加工過的食物對我們比較好。但我們現在知道，這些食物反而會製造出一個緩慢分解的環境，讓我們逐步邁向死亡。」

然後他說：「所有使人類健康惡化的疾病——動脈硬化、中風、關節炎、愛滋病、尤其是癌症——之所以存在，是因為我們汙染了自己的身體。我們這麼做，不啻是在告訴我們體內的微生物說，我們已經準備好要分解、要除去能量、要死亡了。我們常會想，有些人也暴露在同樣的微生物環境下，為什麼他們不會生病？差別就在於，每個人體內的環境不同。好消息是，即使我們體內酸性過高，分解過程已經開始，但如果我們開始著手改善營養，把身體調整成鹼性和高能量的體質，也還是能扭轉形勢。」

他揮舞著雙手，雙眼圓睜，眼神依舊明亮閃爍。

「以振動、高能量的身體的原則來看，我們正處在黑暗時期。人類本來應該能夠活一百五十歲以上，但我們的飲食方式卻不斷摧殘我們。無論何處，我們都可看到有人在我們眼前死去。但這其實是不必要的。」

他就此打住，深吸了一口氣後說：「在香巴拉就不是這樣了。」

又過了一會，韓開始四處走動，不只一次的審視我。

「所以，你現在知道了，」他下結語：「傳說提到，人類會先開始學習食物的真正本質，以及要吃哪一種食物。然後，根據傳說所說，我們就能開放自己，接納內在的能量源頭，讓我們的振動頻率變得更強。」

他把椅子往後一推，卻仍然盯著我。「雖然你對西藏這裡的高度適應得很好，但我還是希望你好好休息。」

「我會的，」我說：「我累死了。」

「沒錯，」寅也同意：「今天可不太好過。」

「你一定要期待作夢。」韓帶我去臥室時說。

「期待作夢？」

韓回過頭來。「是的，你比你所想的還要有力量。」

我咧嘴而笑。

我乍然驚醒，看著窗外。此時太陽已經高掛天空。沒有作夢。我穿上鞋子，走進另一個房間。

韓和寅正坐在桌前聊天。

「睡得還好嗎？」韓問我。

「還好，」我砰的一聲坐到椅子上，說：「可是我不記得自己有作夢。」

「那是因為你的能量還不夠。」他說，有些心不在焉。他又再次專注地盯著我。我知道他正在注意我的坐姿。

「你在看什麼？」我問。

「你剛起床時都是這樣的嗎？」韓問我。

我站起來。「有什麼不對嗎？」

「睡了一覺之後，必須先喚醒自己的身體。在做任何事之前，要先開始接收能量。」他站著，雙腳大開，雙手放臀部。我看著他，他逐漸將雙腿併攏，手臂高舉。他的身體以一種姿態往上抬，直到他用腳尖站立，手心平貼頭頂。

我眨眨眼。他挪動身體的方式很不尋常，但我卻無法明確指出究竟是哪裡特別。他似乎是飄上去的，好像沒有用到肌肉。等我再次專注時，卻看到他張大嘴笑著。那一瞬間，他的身體從原先的姿勢變成朝我優雅地走來。我又眨眨眼。

「大部分的人是慢慢地醒來，」韓說：「而且起床後無精打采地到處走動，用咖啡或茶幫助自己清醒。上班後，還是照樣無精打采地走動，或只用某一組肌肉活動。這樣的模式建立後，就像我之前說的，能量行經我們身體的路徑就會受到阻礙。你必須確定你的身體已經完全舒展開了，這樣才能接收所有可吸納的能量。要做到這點，你可以在每天早上活動每一根肌肉，並從丹田處開始。」他指著他肚臍下方的部位。「如果你專心地從這裡開始活動，之後你的肌肉就能處在最協調的狀態，自由地伸展。這是所有武術和舞蹈原則的中心法則。你甚至可以發明自己的動作。」

說完話後，他便開始擺出各種我從未見過的動作，看起來好像是太極拳裡身體重量挪移和迴旋的動作。沒錯，他絕對是在表演這些經典動作的伸展式。

「你的身體，」他又說：「會知道怎樣活動，來幫忙你鬆開自己的阻礙。」

他單腳站立，身體向前傾，一隻手臂揮動著，做出很像在往下投壘球的姿勢，只不過他在做這個動作時，手幾乎快觸碰到地面。然後，他站在原地，以另一隻腳轉圈。我沒看到他挪換身體的重心，然後他看來又像是飄浮在空中。

我晃晃腦，試著使自己專注，但他已經停在原地，彷彿是有位攝影師用快門拍下他的動作，但這是不可能的。就這麼一瞬間，他又向我走來。

「你是怎麼辦到的？」我問。

他說：「我先慢慢開始，心裡想著剛才說過的基本法則。如果你由丹田開始活動，並期待能量流進體內，你就能用一種愈來愈輕盈的姿態活動。當然，為了完美地做到這點，你必須開放自己，去接觸體內所有可取得的神聖能量。」

他停住，看著我。「那次神祕的敞開經驗，你還記得清楚嗎？」

我再次思索在祕魯和在山頂上的經驗。

「很清楚，我想。」

「很好，」他說：「我們到外面去吧。」

寅站起來，面帶笑容。我們跟著韓走到外面的一個小花園，再循著階梯走到一個區域，那裡零星散布著棕褐色的草和稜角分明的巨岩。石頭上流瀉著紅色、棕色的美麗條紋。有十分鐘時間，韓帶著我做一些之前看過的動作，隨後他在地上找了個地方讓我坐下，自己坐在我右邊。寅坐在我們後方。遠方的山巒浸溺在晨曦溫暖的黃色光線下，此美景令我震懾。

「傳說提到，」韓開始說：「開放自己，接受更高的能量狀態，是所有人終將獲得的一種能力。一開始，大家都會知道這種覺識是必要的。然後，我們將更進一步了解到與修練能量、保持更高能量層次相關的所有要素。」

他停下來，看著我。「你已經知道了基本的程序，可是你還必須擴展你的感官。傳說提到，你要先平心靜氣，觀想周遭的環境。大多數人很少仔細觀賞身邊的景物，認為這些景物只不過是一些不重要的事物，其重要性遠低於我們腦子裡籌畫著要做的事。但我們必須謹記在心：**宇宙的所有事物都是活的，都有著心靈能量，都是神的一部分**。我們必須刻意尋求與自己體內的神性連結。」

他接著說：「如你所知，**衡量我們是否連接上這種能量的方法，是我們對美的感知能力**。你必須時時刻刻問自己以下問題：這一切看起來有多美麗？無論一開始這個東西看起來如何，只要我們肯試，總是可以看見更多的美麗。我們看見的美有多少，可用來衡量我們在體內吸收了多少神聖能量。」

接下來，韓要我花些時間觀賞——而且是很認真地觀看——周遭的一切。

「一旦我們開始建立連結，」他說：「並體驗到內在的神聖能量，一景一物都會開始更吸引我們注意。所有的事物鮮明在目，我們也會注意到它們獨特的形貌和顏色。等這樣的知覺發生時，我們就能吸入更多的能量。你知道，現實生活中，這種能量並非來自我們周遭的事物——雖然我們能從某些植物身上，或在某些神聖的地點直接汲取能量。**神聖能量來自於我們與內在神性的連結**。我們周遭的一景一物，包括天然的和人造的——花朵、岩石、青草、山峰、藝術等——充滿了至高無上的美，它們的存在，超越多數人所能察覺到的任何事物。開放自己，接納神性，等於提升自己的能量振動頻率與感知能力，這樣我們就能看到這個世界的原貌。你明白嗎？人類已經住在一個充滿無限的美麗、色彩與型式的世界裡。天堂就在這裡。只不過我們心胸不夠開敞，接收不到足夠的能量，因此才無法看到天堂。」

我專注傾聽，心醉神迷。我對這個觀念的了解從未像現在這般清楚。

「專注於周遭的美景，」韓指示：「開始吸納你內在的能量。」

我深吸一口氣。

「現在，在你呼吸的時候，尋找愈來愈美的事物。」韓教導我。

我再次凝望岩石和山巒。令我驚訝的是，我注意到遠方群山簇擁的那座最高的山頭就是珠穆朗瑪峰。不知怎麼，之前我並沒認出它來。

「沒錯，沒錯，看著珠穆朗瑪峰。」韓說。

我凝望著珠穆朗瑪峰，注意到積雪的正面山脊似乎正緩緩朝皇冠狀的山尖往上挪移。這景象將我的感受能力向外推，而這全世界最高的山峰，似乎瞬間變得更靠近我，莫名成為我本身的一部分，彷彿伸手即可觸及。

「繼續呼吸，」韓說：「你的振動和感知的能力會更增強。每樣東西都會變得更閃亮耀眼，彷彿內部有光源照射一樣。」

我又深吸一口氣，開始感覺身體變輕盈，也可以毫不費力地挺直身軀。真是難以置信，我現在的感受，和當初在祕魯山區的經驗如出一轍。

韓點頭。「對美的感知能力，是衡量神聖能量是否進入你體內的主要方法。不過，還有一些其他的衡量標準。」

「你還會覺得更輕盈，」韓繼續說：「這股能量會緩緩上升，貫穿你全身，將你抬起。就像你說的，好像有一根繩子從頭頂把你往上拉。你會感覺到自己盈滿更睿智的智慧，讓你知道你是誰、你又在做什麼。你將接收到有關你人生路途下一步該怎麼走的直覺和夢境。」

他在此打住，看著我的身體。我現在挺直地坐著，毫不費力。「現在我們來到最重要的部分了，」他說：「你必須學著維持住這能量，讓它源源不斷地流向你。到這時候，你必須使用期望的力量，也就是禱告能的力量。」

又是這兩個字：**期望**。我從未聽過這兩個字被用在這種情境中。

「我該怎麼做到？」我發問，感到困惑，身體的能量霎時往下掉，周圍的形狀和顏色也逐漸消褪。

韓雙眼圓睜，爆笑出來。他好幾次試著不笑，但最後卻躺在地上翻滾，笑得樂不可支。他好幾次回復鎮定，但一看到我，就又笑了起來。我甚至還聽到寅在後面竊笑的聲音。

韓設法調息，最後終於冷靜下來。

「真是抱歉，」他說：「可是你說的話實在是太好笑了。你真的完全不相信自己有任何力量，是吧？」

「不是這樣的，」我抗議：「我只是不知道你說的『期望』是什麼意思。」

韓還在笑。「你認為自己對生活懷抱著某些期許，對吧？你期望太陽每天升起；你期望體內的血液繼續循環。」

「那當然。」

「嗯，我只是要請你試著去意識到這些期望。這是維持和延伸你剛才所經歷更高能量的唯一方法。你必須學著期望這種層次的能量出現在你的生活中，也必須非常刻意而有意識地這麼做。這是完成第一個禱告延伸的唯一方法。想不想再試試看？」

我對他回以微笑，於是我們又花了幾分鐘時間呼吸和累積能量。等我看到之前體驗到的更高層次的美時，我朝他點點頭。

「現在，」他說：「你必須期望這個盈滿你體內的能量繼續充滿你，並往外向各個方向流出。現在觀想這種情況發生。」

我試著維持住我的能量層次，同時問：「你說向外流出，但我要如何知道這種情況真的在發生？」

「你能感覺得到。現在，只要去觀想這樣的情況。」

我又吸了一口氣，觀想能量進入我體內，然後從各個方向流到這個世界上。

「我還是不知道到底是不是真的在發生，」我說。

韓直視我，看來有些不耐。「你之所以會知道能量從你身上流出，是因為你維持住了這樣的能量，所以事物的顏色和形狀還是如此鮮明。當能量充滿你，又向外流出時，你也感覺得到。」

「那是什麼樣的感覺？」我問。

他無法置信地看著我。「你自己就知道答案啊！」

我再次眺望遠山，觀想著能量從我體內流出，朝這些山脈流去。這些山巒依舊美麗如昔，也變得美麗異常。突然，一股情緒強烈的激流淹沒了我，我回想起在祕魯時的經驗。

韓在點頭。

「對啦！」我說：「測量能量是否正向外流出的方法，就是愛的感覺。」

韓露齒微笑。「沒錯，只要你的禱告能量流到了這個世界上，這種愛就會成為與你如影隨形的背景情緒。你必須保持在有愛的狀態中。」

「對一般人來說，這似乎太理想化了。」我說。

韓發出格格笑聲。「我又不是在教你如何成為一般人。我是在告訴你如何保持在人類進化的最上緣。我是在告訴你如何成為英雄。只要記住，你必須期望神聖能量以一種較高的層次進入你體內，然後就像水裝滿杯子會向外流出一樣。一旦連結中斷，就要回想起這種愛的感覺。試著有意識地重新點燃這樣的狀態。」

他的雙眼再度炯炯有神。「你的期望，是你能否維持住這種經驗的關鍵。你必須觀想這樣的事發生，你必須相信，在任何情況下，它都在那裡。這種期望，必須每天修練，每天有意識地確認。」

我點頭。

「現在，」他說：「你了解我告訴你的每一個程序了嗎？」

我還沒來得及回答，他又說：「關鍵是，你早上是如何醒來的。這就是我叫你去睡覺的原因，這樣我才會知道你是怎麼起床的。你必須訓練自己這麼做。用我教你的方式，把你的身體喚醒到能量可以流入的狀態。以丹田為中心開始活動，即刻感覺這股能量。立刻期望自己有這種感覺。

「記得只吃有生命的食物，過一陣子之後，內在的神聖能量將更容易被吸入你內在。**每天花時間讓自己充滿能量，一早起床就活動筋骨。記住衡量的方法。觀想這個能量正進入體內，當它向外流到世界上時，去感覺它**。這麼做，也就是完成了第一個延伸。這樣一來，你將不只能偶爾體驗能量，還能培養能量，讓它保持在較高的層次。」

他深深地一鞠躬後，便二話不說地朝屋子走去。寅和我尾隨著。等我們到屋內時，韓已經開始挑選食物，並把食物放在一個大竹籃裡。

「那，有關香巴拉的入口呢？」我問韓。

他停下手邊的動作，看著我。「入口有好幾個。」

「我的意思是，你知不知道我們在哪裡可以找到香巴拉的入口？」

他看著我，目光嚴厲。「你只完成了禱告能量的第一個延伸，還必須學習如何處理流出體外的能量。而且你個性固執，還很容易出現害怕、憤怒等情緒。要接近香巴拉，必須先克服這些脾氣。」

說完這些話，韓向寅點點頭，把竹籃交給他，然後走進另一個房間。

4 有意識的警覺

我走到屋外停放吉普車的地方，感覺異常舒暢。空氣涼爽宜人，四下的山脈看起來似乎都閃爍著光亮。我們跳上車，寅發動車子。

「你知道現在要去哪裡嗎？」我問。

「我知道我們必須朝西藏西北前進。根據傳說，這是離我們最近的入口。不過，就像瑞格登喇嘛說的，還必須有人指引才行。」

寅停下來，看了我一眼。「是時候了，我該告訴你我做了什麼夢。」

「是瑞格登喇嘛提到的那個夢嗎？」我問道：「你夢到我的那次？」

「沒錯。在那個夢裡，我們一起旅行，跨越西藏，四處尋找入口，但卻遍尋不著。我們走了很遠，卻只是在繞圈圈，我們迷路了。但是，就在萬念俱灰之際，我們遇到了一個人，他知道我們該往哪裡去。」

「後來呢？」

「那個夢到此結束。」

「那個人是誰？是威爾嗎？」

「不是，我覺得不是。」

「你覺得這個夢有什麼意義？」

「這個夢的意思是，我們必須保持高度警覺。」

車子又行駛了好幾分鐘，我們一言不發，然後我問道：「西藏西北有很多軍人駐紮嗎？」

「通常沒有，」寅回答：「除非是在邊境或軍事基地。問題是，我們接下來要走三、四百哩路，途中要經過神山和聖湖，這段路上有好幾個軍事檢查站。」

接下來四小時，我們沿路開著，並沒有事情發生。有陣子我們開在平緩的碎石路上，又有一陣子我們轉進一條又一條的泥土小徑。我們順利地抵達薩嘎（Saga），找到我們要走的那條路，寅告訴我這是往藏西的南路。途中與我們錯車而過的，多半是大型運輸卡車，以及開著舊車或貨車的當地藏民。我們還在卡車休息站看到一些想搭便車的外國人。

又過了一小時，寅把吉普車開離主幹道，轉進一條僅容一匹馬的小路。每跨越一個深溝，吉普車就彈跳一次。

「那條主幹道前面，通常會有中國人的檢查站，」寅正色說：「我們得繞路走。」

我們往前開上一個陡峻的斜坡，抵達坡頂後，寅停下吉普車，帶我走到懸崖邊。下方數百呎外，可看到兩輛標有中國國徽的大型軍用卡車。路旁站著十來個軍人。

「情況不妙，」寅說：「通常十字路口只會有兩、三個軍人。也許他們還在找我們。」

我試著擺脫突如其來的恐懼感，讓能量維持在高層次。我想我看到了幾位軍人抬頭往山頂這兒看，於是急忙彎身躲起來。

「有狀況。」寅低聲地說。

我往十字路口看去，發現那些士兵正在搜索一輛到達檢查站的廂型車。一位中年金髮男士正站在路旁接受盤查。廂型車上還坐了一個人。我們隱約可以聽到他操著一口歐洲語言，聽起來很像是荷蘭語。

「他們為何會被攔下來？」我問寅。

「我也不知道，」他說：「也許他們的許可證不對，也或者他們說了不該說的話。」

我流連不去，希望自己能幫上忙。

「拜託，」寅說：「我們得走了。」

我們坐上吉普車。接下來的山坡路，寅開得很慢，接著便開到山坡背面的下坡路。到了山底下，我們遇到一條轉向右邊的小路，是遠離十字路口的方向，但仍走向西北方。我們在這條路上開了大約五哩，然後又接上主幹道，進入仲巴（Zhongba）這個小鎮，鎮上有幾間旅館和商店。街上來來往往的行人，牽著犛牛或其他家畜，不時還有一些越野車駛過。

「我們現在的身分只是前往神山朝聖的人，」寅說：「這樣比較不會引人注意。」

寅的這番話並未說服我。事實上，在我們正後方約半哩遠的地方，正有輛中國軍用卡車在路邊停下來。我心裡又湧起一陣恐懼。寅轉進一條巷道，那輛卡車駛經我們，然後不見蹤影。

「你得堅強點，」寅說：「現在是你學習第二個延伸的時候了。」

接著他再度引導我練習第一個延伸，直到我能觀想、感覺能量從體內流出，朝遠方貫去。

「既然你讓能量向外流瀉，就必須設定這個能場所要達到的效果。」

他的話把我弄糊塗了。「設定我的能場？」

「是的。我們可以用許多方式來掌控禱告能場，讓它產生作用。我們可運用自己的期望來做到這點。你曾做過一次，記得嗎？韓教你要期望這個能量不停地流遍你全身。現在，你必須用其他的期望來設定你的能場，並嚴格鍛鍊自己，否則你的能量會在恐懼和憤怒中迅速崩解。」

他以一種悲傷的表情看著我，我從未看過他這種神情。

「怎麼了？」我問。

「小時候，我親眼目睹一個中國軍人殺我父親。我恨透他們了，但也非常怕他們。我必須坦承一件事：我身上也流著中國人的血。這就是最糟糕的地方。這種記憶和罪惡感侵蝕了我的能量，所以我很容易去期望最糟的事發生。你將學到，當能量處在這種高層次時，我們的禱告能場將迅速採取行動，把我們所預期的狀況原原本本地帶給我們。如果我們害怕，它就會帶來我們所害怕的事物；如果我們憎恨，它就會帶來更多我們所憎恨的事物。所幸，當我們陷入這種負面期望時，我們的禱告能場很快就會瓦解，因為我們失去了與神的連結，不再釋放出愛。但恐懼的期望仍可能帶有強大的力量。這也就是為什麼必須小心監控自己的期望，並有意識地設定自己的能場。」

他對我微笑，又說：「你不像我這麼怨恨中國軍人，這是你的一大優勢。但是，你仍懷有許多恐懼，而且你似乎很容易生氣……像我一樣。也許這就是我們會湊在一起的原因吧！」

吉普車繼續往前開，我看著前方的路面，腦中思索著寅剛說的話，我仍無法相信思想的力量竟如此強大。寅突然減速，把吉普車停在一排土灰色外觀的建築物前，打斷了我的思緒。

「你幹嘛停車？」我問：「這樣不是更引人注意嗎？」

「話是沒錯，」他說：「但我們必須冒這個險。雖然到處都有中國軍方的密探，但我們可沒選擇的餘地。只有一輛交通工具就想進入藏西，並不是很安全的作法。那一帶可沒修車廠。我們必須找人和我們一同前往。」

「如果他告發我們怎麼辦？」

寅一臉憎惡地看著我。「找對人的話，就不會發生這種事。注意你的想法。我告訴過你，我們必須把周邊的能場設定為對我們有利的狀態。這很重要。」

他開門要下車，但又遲疑了一會。「在這方面，你必須做得比我好，否則我們就沒戲唱了。專注地為『瑞田布瑞爾』（rten brel）設定你的能場。」

我沉默了半晌。「瑞田布瑞爾？那是什麼意思？」

「那是西藏話，『同步性』的意思。你必須設定好能場，讓你能發現同步事件，帶來幫助我們的直覺和機緣。」

寅看了建築物一眼，便走下吉普車，用手勢示意我留在車內。

我等了近一小時，看著過往的西藏人。偶爾會看到一些人長得像印度人或歐洲人。我一度以為自己看到之前在檢查站那位荷蘭人。我努力想看清楚，還是無法確定。

寅去哪兒了？我心想。我現在可不想再和他分散。我想像自己孤伶伶地開著車，繞遍整個城鎮，迷了路，不知該往哪裡去。我該怎麼辦？終於，我看到寅離開那棟建築。他遲疑了一會兒，在走向吉普車時，小心地左顧右盼。

「我找到兩個我認識的人，」他從輪子後面鑽進車裡時說：「我想他們會有辦法。」他試著表現出很有信心的樣子，但語調卻顯露出疑慮。

他發動車子，我們繼續往前開。五分鐘後，我們經過一家完全由鐵皮搭蓋成的小餐館。寅把吉普車停在距離餐館約兩百呎遠的地方，用幾個儲油桶做掩護。我們現在身處郊區，路上人煙稀少。餐館內，我們發現有間房裡擺放著六張搖搖欲墜的桌子。一排粉刷過的狹長吧檯把餐區和廚房分隔開來，廚房裡幾位婦女正忙著。其中一位看到我們坐下，便朝我們走來。

寅用藏語簡短地和她交談，我聽到「湯」這個字。那位婦女點點頭，看著我。

「我也一樣，」我對寅說，並脫下外套，披在椅背上。「另外再給我一杯水。」寅把我的話譯成藏語，那位婦女微笑，然後離開。

那位女侍一走，寅的臉色便轉為凝重。「你明白我之前說的話嗎？你必須設定一種能帶來更多同步事件的能場。」

我點頭。「我該如何設定這種能場？」

「首先，你必須確定你是根據第一個延伸來設定能場。要確定能量流進你體內，然後再向外流到這個世界上。用之前所教的衡量方法，用心去感覺能場是否在流動。把你的期望設立成可以讓這種能量持續流動的狀態。接下來，你必須期望你的禱告能場發揮作用，帶來那些能讓你的最佳使命開展所需的思想和事件。要想在周遭設立這種能場，你必須讓自己保持在一種有意識的警覺狀態。」

「警覺什麼？」

「警覺同步事件。你必須讓自己保持在某種狀態，在這種狀態中，你不斷地尋找能幫你完成使命的下一個神祕訊息。雖然有些同步事件無論你怎麼做，該出現就是會出現。不過，如果你設定一個持續的能場，無時無刻不在期待同步事件，那麼你就能提高同步事件出現的機率。」

我把手伸到褲後的口袋，想拿出記事本。雖然這一路上我還沒用到這本筆記本，但現在我卻有股直覺，想記下寅說的話。後來我才想到，我把筆記本留在吉普車裡了。

「車子鎖上了，」寅說。他點個頭，把車鑰匙遞給我。「別亂跑。」

我直接走向吉普車，拿出筆記本，正要走回餐館時，卻聽到有車輛在餐館前停下的聲音。我嚇了一跳，於是回頭走到儲油桶後，凝神觀看。餐館前停了兩輛中國製的灰色卡車，五、六個穿著便衣的男士跳下車，走進餐館。從儲油桶後望去，可以隔著窗戶看到餐館內部的情景。那些男士要所有人沿著牆壁排成一排站好，然後開始一一搜身。我試著找寅，但到處都找不到他。他逃走了嗎？

一輛嶄新的越野車在外頭停了下來。一位穿著軍服、身材高瘦的中國軍官走下車，往餐館門口走去。他顯然是主事者。他走到門口，很快地往內看一眼，然後停下腳步，轉過身，朝街道兩側掃視，彷彿在感應什麼。接著，他竟往我藏匿的方向走來，我急忙彎下身，心跳急促。

片刻後，我鼓起勇氣又朝餐館那裡看。那些中國人正把所有人帶出，並將他們趕進卡車裡。寅不在那些人之內。其中一輛車先開走，主事的軍官正和留下的人交談，似乎在指示他們搜查街道。

我彎著身子在儲油桶後走動，並深吸一大口氣。我知道如果我繼續待在這裡，遲早會被找到。我四下張望該往何處去，我注意到有條狹小的泥土巷道，正好從儲油桶這裡延伸到下一條街道。我跳上吉普車，把車子打到空檔，利用街道微斜的坡度，順著那條小巷道滑行，之後右轉到下一個街口。我發動車子，卻不知自己開往何處。我滿腦子只想遠離那些軍人。

過了幾條街後，我左轉進一條狹窄的巷道。這條路把我帶到了一個只有兩、三棟建築物的地方。過了百來碼之後，我好像完全離開市區了。又往前開了一哩，我才離開這條路，把車停靠在一些土堆後面，這些土堆每個都像房子一般高。

現在該怎麼辦呢？我暗自揣度。我完全分不清東南西北，更不知道該往哪裡去。憤怒與挫敗的情緒在我心裡翻攪。寅應該想到可能發生這種狀況，他應該替我做好準備。也許他在鎮上有熟人可以幫我，但我現在卻束手無策，找不到人幫我。

一群烏鴉降落在我右手邊的土堆上，然後又飛到吉普車上方，盤旋不去，大聲地啞啞叫。我由左右兩邊的窗戶向外望，很確定是有人打擾了這群烏鴉，但四周卻一個人影也沒有。幾分鐘後，大半的烏鴉都往西邊飛去，粗啞的叫聲仍不絕於耳。但是，有隻烏鴉卻留在土堆上方，靜靜地向我這邊望著。很好，我想。牠可以當我的哨兵。在決定下一步該怎麼做之前，我可以先留在原地。

我在吉普車後座找到一些乾糧和堅果，另外還有一些薄脆餅。我心不在焉地咀嚼著這些食物，偶爾緊張地啜飲水壺裡的水。我知道我必須擬出計畫。突然間，我感覺自己應該要沿著這條路往西走，但後來否決了這個想法。徹底被恐懼感淹沒的我，現在只想做我這一路上一直想做的：忘掉這次旅途，回到拉薩，然後到機場搭機離開。我想我還記得有些路該在哪裡轉彎，但其他的路就得靠猜的了。我真不敢相信，之前在瑞格登喇嘛的寺院，或稍後在韓住處時，我竟然都沒試著打電話給任何人來安排逃脫計畫。

我思考著該怎麼做，突然，我整顆心糾結在一起。我可以聽到有車子往我這邊開來的隆隆聲。我想發動吉普車逃走，卻發現那輛車子就快接近了。於是我一把抓起水壺和一袋食物，跑到最遠的土堆後面，躲在沒有人看得到我、但我卻可以看到別人的地方。

那輛車慢了下來。等它隔著土堆和吉普車平行停靠在一起時，我發現這就是我們之前在檢查站看到的那輛廂型車。坐在駕駛座的，是那位金髮男士，中國軍人曾盤查過他；坐在乘客座的，則是一位女性。

我看著他們把廂型車減速、停下，然後開始交談。我想走出去和他們攀談，但一股恐懼感卻立刻閃過。如果中國軍人已經警告過他們，要他們一見到我們就通報軍方的話，該怎麼辦？他們會把我交給軍方嗎？

那位女性輕輕推開車門，做出要下車的動作，同時仍繼續和那位男士交談。他們已經看到吉普車了嗎？我心中千頭萬緒。我下定決心，如果她下車走了過來，我可要拔腿就跑。這樣一來，他們只會得到吉普車。在軍方抵達之前，我可以跑上一段路。

我在心裡這麼盤算著，然後又把目光移到廂型車上。他們兩人望著這些土堆，臉上流露出擔憂的神色。那位女性關上車門之前，他們又互看了一眼，然後便朝西邊馳騁而去。我看著廂型車攀上我左手邊的小山丘，消失在視線之外。

我心中登時浮現失落感。他們也許幫得了我呢，我想。我考慮跑上吉普車，追趕他們，但隨即打消這個念頭。還是別魯莽行事的好，我最後做了這個決定。還是回歸我原本的計畫，想辦法找到回拉薩的路，然後回美國去，這麼做比較安全。

約莫過了半小時，我又回到吉普車上，發動引擎。左手邊那隻烏鴉嘎嘎大叫，還往那位荷蘭人開走的方向飛去。但我卻往反方向，回頭朝仲巴駛去，並且專挑小路走，希望能繞過大馬路和那家餐館。我開了好幾哩，最後到了一座山頂上。在攀越山頂時，我減速慢行，這樣才可以眺望遠方那條漫長蜿蜒的公路。

等抵達眺望位置時，我大吃一驚。就在山下半哩處，設置了一座新的崗哨，好幾十個軍人駐紮在那裡。不但如此，我還數出有四輛大型卡車和兩輛載滿軍人的吉普車，正朝我的方向飛駛而來。

我急忙將吉普車轉向，加速往前開，心裡盼望他們沒有看到我。我知道如果擺脫得了他們，算是我運氣好。我推論應該盡快朝西方開去，然後再轉向南邊和東邊。也許我可以專挑小路走而安全回到拉薩。

我飛快地穿越主幹道，然後駛進一條又一條的小路，之後往南開。我轉個彎，發現自己走錯路了。我一不小心又開回主幹道上了。我開始減速停車，但離下一個中國檢查站已經不到一百呎了。放眼望去，到處都有中國軍人。我把車停在路邊，拉起手煞車，然後身子下滑癱坐在座位上。

現在怎麼辦呢？我想。坐牢嗎？他們會怎麼對我？他們會以為我是間諜嗎？

幾分鐘後，我發現，雖然我是停在一個一眼就可看到的地方，但那些中國軍人似乎完全無視於我的存在。老舊的車輛、貨車、甚至騎腳踏車的行人，不時在我身邊來來去去。他們會被軍人攔下，要求出示身分證明、檢查證件，有時還會被搜身，但那些軍人卻完全沒注意到我。

我往右看了一眼，才發現我就停在一條車道旁，順著這條車道走上幾百呎，有一棟石頭砌成的小屋。小屋左邊有一片未修剪的小草坪，草坪後方又有一條道路。

就在這時，一輛大卡車開了過來，就停在我正前方，擋住我觀看檢查站的視線。幾分鐘後，又有一輛藍色豐田越野車開了過來，駕駛是一位金髮男士，而且就停在那輛大卡車附近。接下來我聽到他們用中文大聲喧譁、叫囂。那輛越野車好像在倒退，似乎想迴轉，但那些軍人卻一擁而上，擋住他的去路。雖然我的視線被擋住了，但我還是可以聽到憤怒的中文叫罵聲，間或夾雜著荷蘭口音的英文懇求聲，語氣中充滿恐懼。

「不，拜託，」那個聲音說：「我很抱歉。我是觀光客。你看，我有特殊許可，可以開在這條路上。」

又有一輛車停下來。我整顆心幾乎跳出來。那是我之前在餐館看到的那位中國軍官。他走過車子旁邊時，我盡量將身子躺平，以免被他發現。

「給我看你的證件！」他以純正的英語要求那位荷蘭人。

我豎耳傾聽，注意到有東西向我右邊靠近，於是隔著車窗向外看，想看看是什麼東西。那條延伸到小屋的車道，似乎浸漬在一種溫暖明亮的光輝下，正如之前我和寅在拉薩城外逃亡時所見到的光亮。是空行母。

吉普車處於空檔，因此我只要慢慢地把車往右開到車道上即可。我駛過小屋，經過草坪開到下一條街，然後往左轉，一路上大氣也不敢喘。開了一哩後，我又向左轉，回到之前開過的小路上，往北駛離市區。十分鐘後，我又回到土堆旁，思考下一步該怎麼做。在這條路西邊，我聽到了另一隻烏鴉瘖啞的叫聲。我立刻決定要往那個方向走。往那個方向就可以暢行無阻了。

沿著這條路往前開，遇到一個陡升坡，之後路面便平穩下來，變成一條直直長長的道路，馬路兩旁是一片多岩的平原。我又開了好幾個鐘頭，午後的光線開始昏暗。放眼望去，沒有半輛車子，沒有半個人，也幾乎看不到房子。又過了半小時，天色完全暗下來，我心想該找個地方把車停下來過夜，才發現右手邊有一條狹小的碎石車道。我減緩車速，想看清楚。就在這條車道旁，有個看起來像是衣服的東西。

我停下吉普車，隔著窗戶把手電筒朝外照射。那是一件運動夾克，而且是我的運動夾克，也就是在那些中國軍人出現之前，我留在餐館裡的那件夾克。

我微笑著關掉車燈。一定是寅把我的夾克放在這裡。我跳下吉普車，撿起夾克，馬上又跳上車，沿著這條狹小的車道往前開，仍關著車燈。

在車道上開了半哩左右，經過一個緩升坡，最後來到一間小屋和一座穀倉前。我小心翼翼地開著。有幾隻山羊隔著籬笆瞪著我。我注意到有人正坐在這間小屋前廊的板凳上。我停下吉普車，他也站了起來。我認得這個人的側面。是寅。

我跳下車，朝他跑去。他拘謹地擁抱我，臉上掛著微笑。

「真高興見到你，」他說：「你看，我說過有人在幫你。」

「我差點就被逮到，」我說：「你是怎麼逃走的？」

緊張的神色又出現在寅的臉上。「餐館裡那些婦女非常精明。她們看到了中國軍人，於是把我藏在灶裡。從頭到尾都沒人檢查那裡。」

「你想那些婦女會怎麼樣？」我問。

他望著我的眼睛，好一陣子沒有說話。

「我不知道，」他說：「為了幫我們，許多人付出了很大的代價。」

他移開目光，指向吉普車。「幫我拿些食物進來。我們煮點東西吃。」

生火的時候，寅向我說明，那些中國軍人離開後，他又回去找他朋友，他們建議他先到這間老房子棲身，等他們找到另一輛交通工具再說。

「我知道你會怕得不得了，會想辦法回拉薩，」寅又說：「但我也知道，如果你決定繼續這趟旅程，你最後會試著再往西北邊走。這是唯一的一條路，所以我把你的夾克放在那裡，希望看到它的人是你，而不是那些軍人。」

「還真有點冒險呢！」我說。

他點點頭，把蔬菜放進鍋裡，這個鍋子很重，以一個金屬勾懸掛著，吊在火堆上，裡頭裝滿了水，冒著蒸氣。用犛牛糞燃起的火在鍋底熊熊燃燒。

再見到寅，我的恐懼似乎消去許多。我們坐在火堆旁生鏽的舊椅子上，我說：「我必須承認，我的確試過要逃走。我想，那是我活下來的唯一機會。」

接著我告訴他一路上發生的事——每一件事，除了在小屋旁看到光亮的事。當我講到我躲在土堆旁，有輛廂型車經過時，他陡然坐直起來。

「你確定是我們在檢查哨那裡看到的那輛車嗎？」

「沒錯，就是他們。」我回答。

他一副咬牙切齒的模樣。「你看到我們之前看過的人，卻沒有和他們交談？」他臉上青筋暴露。「我告訴過你，我做過一個夢，夢裡我們遇到一個人，他能幫我們找到入口，你不記得了嗎？」

「他們也有可能告發我，我不想冒這個險。」我反駁。

「什麼？」他瞪著我，然後身體往前傾，用手摀著臉好一陣子。

「我嚇呆了，」我說：「我不敢相信我竟然讓自己陷入那樣的情境當中。我想脫身。我要活下去。」

「仔細聽我說，」寅說：「現在，你逃離西藏的機率是微乎其微。你要活下去，唯一的機會，就是勇往直前。為了往前走，你必須利用同步事件。」

我移開視線，心裡知道他很可能是對的。

「告訴我，那輛廂型車靠近時，發生了什麼事？」寅說：「告訴我你的每一個想法，每一個細節。」

我告訴他，廂型車停了下來。它一停下來，我立即覺得害怕。我描述那位女性作勢要下車，但後來改變了主意，然後他們就離開了。

寅再次搖頭。「你誤用了自己的禱告能場，扼殺了這個同步事件。你用恐懼的期望設定自己的能場，結果你的能量阻礙了每一件事。」

我偏過頭去。

「想想看，」寅繼續說：「聽到廂型車開過來的時候，你心裡在想什麼？你有兩個選擇：第一，你可以把這件事想成是一種威脅；第二，你可以把它看成是一種潛在的助力。當然，這兩種可能性你都要考慮到。但一旦你認出那輛廂型車就是我們之前在十字路口看到的那一輛，就應該想到這是有意義的。尤其這兩人曾牽制住中國軍人，讓我們在不受注意的狀況下通過，從這一點來看，他們曾經幫過你，那時他們又出現在你眼前，也有可能再幫你一次。」

我點頭。他說得沒錯。我顯然錯失了一次機會。

寅挪開視線，思考了一會兒，然後說：「你完全失去了你的能量和正面的期望。還記得我在餐館裡告訴你的話嗎？為同步事件設定能場，就是讓自己置身在一種特殊的心智狀態當中。在腦子裡思索同步事件是很容易的，但除非你處於禱告能場能幫助你的心智狀態中，否則你只能偶爾瞥見機緣巧合。的確，在某些情況下，這樣就夠了，而且有段時間，你也會暫時被帶著往前走，但你終究會失去方向。要讓同步事件持續不斷的唯一方法，是讓自己維持在禱告能場能讓同步事件持續不斷出現的狀態下，一種有意識的警覺狀態。」

「我還是不確定要如何進入這種狀態。」

「你必須時時停下腳步，提醒自己要抱持警覺的態度。必須觀想自己的能量正向外流出，將正確的直覺、正確的事件帶回給自己。你必須期望它們無時無刻都會發生。藉由保持警覺，期待下個事件發生，我們得以將自己的能場設定在會帶來同步事件的狀態中。一旦發現自己未處於期望狀態，就必須提醒自己注意。置身這種心態愈久，同步事件也會愈多。到後來，如果你將自己的能量保持在高水準，這種有意識的警覺狀態將變成你一貫的生活態度。傳說提到，禱告延伸終將成為我們的第二天性。我們每天早上都要例行地設定禱告能場，就像每天都要梳妝打扮一樣。這是你必須達成的境界，一種持續抱持期望的心智狀態。」

他停下來，看了我一會兒。

「你一聽到廂型車朝自己開過來就馬上陷入恐懼的情緒。聽起來，車上的人是直覺地認為應該在土堆旁停下來，雖然他們可能不知道原因。但是當你落入恐懼的情緒中，心想他們也許是壞人，此時你的能場就往外流，影響了他們。你的能場進入他們的能場，也許還讓他們感覺不妥，讓他們覺得自己做的事是錯的，於是他們掉頭離開。」

他的話似乎荒誕無稽，但我聽來卻深有同感。

「再多告訴我一些我們的能量場是如何影響別人的。」我說。

他搖搖頭。「你超前進度了。我們的能場對別人的影響，是第三個延伸的事。就現階段而言，只要專注設定能場，讓同步事件發生，不要再陷入恐懼的想法中。你有期望最糟的事發生的傾向。還記得我們在往瑞格登喇嘛寺院的路上，我離開獨留你一人，你看到了一群難民。只要你和他們交談，他們就會帶你到瑞格登喇嘛的寺院。但你卻以為他們會告發你，而錯失了那次同步事件。這種負面思考是你常有的模式。」

我只是看著他，覺得很累。他微笑著，沒有再提起我所犯的任何過失。晚上接下來的時間，我們隨意地聊著與西藏有關的事，有一次還走到屋外仰望天上的星子。天色清朗，氣溫接近零度。我們上空懸掛著我生平所見最燦亮的星辰。我對寅這麼說。

「它們看起來當然很大，」他說：「別忘了，你正站在世界的屋脊上。」

第二天早上我起得較晚，跟著寅練了些太極拳法。我和寅一直在等他的朋友來，但他們始終沒出現。我們明白，終究還是得冒險用唯一的一輛交通工具前進。於是我們把行李放進吉普車，準備在晌午時刻出發。

「一定是發生了什麼事。」寅看著我。他努力表現出堅強的樣子，但是我看得出他很擔心。

我們又開回主幹道，沿著路往前開，途中經過一陣夾帶飛沙的濃霧，這場濃霧遮蓋了大半的風景，也遮住了我們看山的視線。

「在這種霧中，中國人很難看見我們。」寅說。

「好極了。」我說。

我一直納悶那些中國人是怎麼知道我們在仲巴的餐館裡。我問寅對這事有什麼想法。

「我肯定那是我的錯，」他說：「我告訴過你我對他們懷有多深的憤怒與恐懼。我確定我的禱告能場帶來了我所期望的事件。」

我盯著他看。這太離譜了。

「你是在告訴我，」我問：「因為你很害怕，所以你的能量流了出去，不知怎地就把中國人給帶來了？」

「不對，不只是恐懼而已。一般人或多或少都會害怕，我所說的並不是這種恐懼。我說的是，我讓自己在腦海中想像可能發生的事，以及中國人可能會採取某些舉動等等可怕的景象。我看著他們占領西藏這麼久，對他們的伎倆瞭若指掌。我知道他們如何脅迫、威逼老百姓。我讓自己在腦海中想像他們找到我們的影像，卻沒有去消除這個影像。我應該察覺自己的這種行為，應該在心裡觀想他們不再如此敵視我們，然後抱持這樣的期望。尋常的恐懼感並不是引他們來的原因。我潛意識地懷抱著一個影像，一種期望，預期他們會找到我們。問題就在這裡。如果你一直抱持著一種負面影像，這個影像就可能成真。」

這樣的觀念令我心生敬畏。真的嗎？一直以來，我看到有些人對特定事件——如房屋遭竊，或罹患某種疾病，或失去所愛——心懷恐懼，而他們最後在生活中都真的經歷了這些事。這就是寅所說的影響嗎？

我想起之前在仲巴，當寅離開我，去找能和我們一同前往的人時，我在腦中描繪了一幅可怕的景象。我想像自己孤伶伶地在吉普車上，迷了路，到處亂開，後來就真的發生了這樣的事。我打了個哆嗦。我和寅犯了相同的錯誤。

「你的意思是說，每一件發生在我們身上的負面事件，都是我們自己的想法所造成的？」我問。

他皺了皺眉頭。「當然不是。有許多事是活在世上的自然過程，這些事牽涉到其他人，他們的期望和行動也有影響力。但是，無論我們願不願意相信，我們確實具有某種創造性的影響力。我們必須覺醒並了解，從禱告能量的角度來看，期望就是期望，無論它是立基於恐懼或信心之上。以我為例，我不夠注意自己的想法。我告訴過你，我對中國人的憎恨是一大問題。」

他轉過頭來，我們四目交接。

「另外，要記得我告訴過你的，」他又說：「當能量層次較高的時候，禱告能場的影響很快就會展現出來。在外面這個凡俗的塵世裡，每個人都還懷有恐懼與成功交織的影像，所以兩者的效果經常會相互抵銷，因而造成的影響並不大。但當能量層次高的時候，我們很快就能影響到發生的事，儘管恐懼的影像最後將瓦解我們能場的強度。關鍵在於，要確定你的思想是集中在生活的積極面，而不是在某些讓你害怕的期望上。這是第二個延伸之所以如此重要的原因。如果我們處在有意識警覺同步事件的狀態下，就會把想法放在積極面上，遠離恐懼與疑惑。你明白我的意思嗎？」

我點點頭，但未開口。

寅又專心地看路。「我們必須現在就使用這種力量。盡可能保持警覺。在這種濃霧中，我們很可能錯過那輛廂型車，但我們並不想讓這件事發生。你確定他們是朝這個方向走的？」

「確定。」我說。

「那麼，如果他們和我們一樣停下來過夜，應該不會離我們太遠。」我們一整個早上都在開車，依舊是朝西北方前進。儘管我努力嘗試，仍然無法維持在寅所描述的警覺狀態。有地方不對勁。寅也注意到了，於是頻頻回過頭來看我。

最後他轉過頭來，說：「你確定你正在期待完整的同步性過程？」

「是的，」我回答：「我是這麼認為。」

他略蹙眉頭，不時轉頭看我。

我知道他是什麼意思。在祕魯及阿帕拉契山追尋第十項覺悟時，我體驗到抵達同步性的過程。我們每個人在任何時刻，都有與生活有關的重要問題，那是在特定生活情境下我們想探究的問題。就現在的情況而言，我們的問題是，如何找到那位荷蘭人開的廂型車，然後找到威爾及香巴拉的入口。

最理想的狀態是，**一旦我們找出生活的核心問題，就能獲得一種引導想法，或一種有關如何回答這個問題的直覺**。我們會發現自己懷有一種心象（mental image），這種心象將建議我們到某地，採取某個行動，或對某個陌生人說話。接著，就最理想的狀況來說，如果我們**依循這份直覺，機緣就會發生，提供我們與自身問題有關的資訊**。這種同步性帶領我們在生命的路途上往前邁進……然後，再面臨新的問題。

「傳說對這件事有何看法？」我問。

「傳說提到，」寅回答：「人類終將明白，禱告力量對他們的生活歷程有很大的影響。我們能藉由期望力量更頻繁地引出同步性過程。但在整個過程中我們必須保持警覺，以直覺為行動的準則。你是否有意識地期望直覺出現呢？」

「我什麼也沒感覺到。」我說。

「但你是不是在期望直覺出現呢？」寅逼問。

「我不知道。其實我並沒有想到直覺這回事。」

他點頭。「你必須記得，期望直覺出現，是設定禱告能場、促使同步事件發生的一部分。你必須保持警覺，期待整個過程發生：問題出現，掌握直覺，依循直覺，尋找機緣。提醒自己要期待整個過程，為此保持警覺。如果你這麼做，你的能量就會散發出去，為你帶來一連串的同步事件。」

他對我報以微笑，想振奮我的精神。

我深呼吸好幾口氣，感覺到能量又開始回到體內。寅的心情感染了我，我的警覺性增加了。

我也對他微笑。這一路下來，我第一次由衷感激寅這個人。有時他和我一樣害怕，而且他太過直來直往，但他卻也將全副心力投注於這次旅程，一心一意想走完這趟路。想到這裡，我開始作白日夢，想像寅和我在漆黑夜色中走過滿布岩石的沙丘，就在某條河附近。遠方火光閃閃，是營火，那是我們要去的地方。寅帶路，我樂得在後面跟著。

我再次轉頭看他。他正使勁地瞪著我。

我了解到剛才發生了什麼事。

「我想我剛接收到某種訊息了，」我說：「我想像我們朝一堆營火走去。你認為這有任何意義嗎？」

「有沒有意義只有你自己知道。」他說。

「可是我並不知道。我怎麼會知道呢？」

「如果你的想法是一種引導性的直覺，就應該會跟我們尋找那輛廂型車有關。在營火那邊的是誰？你有什麼感覺？」

「我不知道那是誰，但我們非常想要到那裡去。這附近有沙地嗎？」

寅讓吉普車靠邊停。濃霧開始消散。

「這一帶從這裡再過去一百哩，全都是岩石遍布的沙地。」寅說。

我聳聳肩。「那河呢？附近有河嗎？」

寅挑了挑眉頭。「有，過了下個鎮，帕羊（Paryang），就有一條河。大約再走一百五十哩左右。」

他停了一下，臉上堆滿笑容。

「我們必須保持高度警覺，」他說：「**警覺心，是我們唯一的嚮導。**」

我們馬不停蹄地趕路，日落前便抵達帕羊。我們片刻也不停地開過市區，然後又往前開了十五哩，之後寅往右轉進一條小路。當時天色幾乎已經全暗，但我們仍舊看得到半哩外的那條河。

「前方有一個檢查站，」寅解釋道：「我們必須繞路走。」

快到河邊時，路變窄了，而且到處都是車輪的痕跡。

「那是什麼？」寅停下吉普車，往後倒車。

在右方空曠的岩地上，有一輛車停在那裡。視線不是很清楚，於是我搖下車窗，想看得更清楚些。

「不是那輛廂型車，」寅說：「是一輛藍色的越野車。」

我努力想看清楚。

「等等，」我說：「我和你分散的時候，曾在崗哨前看到這輛車。」

寅關掉頭燈，頓時一片漆黑。

「我們再往前開一下。」他說。吉普車輾過深深的車痕，又往前開了幾百呎。

「你看！」我說，手往前指。那輛廂型車就在我們左手邊，停放在許多大石頭當中。四下無人。

我差點就要下車，但寅突然又搖搖晃晃地往前開，最後把車藏在東邊幾百碼遠的地方。

「最好把我們的車藏起來，」他說。我們跳下車，他將車鎖上。

我們走回廂型車停的地方，四處張望。

「腳印是往這個方向走的，」寅指著南邊說：「走吧。」

我跟在他後面，穿越許多大石頭，走過這片沙地。天上的下弦月照亮了我們的道路。約十分鐘後，他看著我，使勁地聞。我也聞到了，是火的煙味。

黑暗中，我們又走了五十碼，最後看到了營火。一男一女瑟縮在營火旁。正是我看到在廂型車上的那兩位荷蘭人。那條河就在不遠處。

「現在該怎麼做？」我小聲問。

「我們必須告訴他們我們是誰，」他說：「這件事最好由你來做，這樣他們比較不會怕。」

「我們還不知道他們是誰呢。」我說，試圖反駁寅的意見。

「去吧，讓他們知道我們在這裡。」

我更仔細地看著他們。他們穿著工作服和純棉厚衫，看起來像是純粹到西藏旅行的觀光客。

「嗨，」我大聲地說：「很高興見到你們。」

寅斜眼看了我一下。

那兩人跳了起來，仔細打量從黑暗中冒出來的我。我臉上堆滿笑容，說：「我們需要幫忙。」

寅跟著走了過來，欠身說：「很抱歉打擾你們。我們在找一位名叫威爾森．詹姆士的朋友。希望你們能幫我們的忙。」

他們兩人驚魂未定，無法相信我們就這樣走進他們的營地裡。不過，漸漸地，那位女士似乎明白我們並無惡意，於是叫我們到火邊坐下。

「我們並不認識威爾森．詹姆士，」她說：「不過，今晚要和我們在這裡碰面的人倒是認識他。我聽他提起過這個名字。」

她的夥伴點點頭，看起來非常緊張。「我希望雅各（Jacob）找得到我們。他已經遲到好幾個小時了。」

我正打算告訴他們，我們看到一輛越野車就停在不遠處。但這時候，我卻看到那個男的臉色驟變。他看來嚇得目瞪口呆，雙眼凝視著我身後某處。我跳了開來。在我們停放車輛的那個方向，出現了好幾輛車，頭燈四射，還有好幾十人用中文交談的聲音，這片空地頓時熱鬧了起來。那些車正往我們所在的位置前進。

那個男的跳了起來，把火弄熄，一把抓起好幾袋行李，和女的一起跑出營地。

「快來，」寅說，試著趕上他們。但不到幾分鐘，他們就跑得無影無蹤，消失在黑暗中。最後，寅決定放棄。在我們後方，車燈愈來愈近，於是我們蜷縮在河邊。

「我想我可以繞到吉普車旁，」寅說：「如果運氣好，他們可能還沒找到我們的車。你往北，順著河上游走大約一哩，想辦法和他們拉開距離。到那裡之後，你會找到另一條往下延伸到河床邊的路。聽我的信號，我會去載你。」

「我為什麼不能和你一起去？」我問。

「這麼做太危險了。我一個人可能還到得了，兩個人一起去就可能會被看到。」

我心不甘情不願地同意，然後開始在月光中穿越大大小小的石頭和碎石堆，只在迫不得已的情況下才開手電筒。我知道寅的計畫很瘋狂，但我們似乎別無選擇。我思忖如果我們和那兩位荷蘭人聊久一點，或遇到了他們在等的那個人，不知能取得什麼訊息。

過了大約十分鐘，我停下來休息，覺得又冷又累。

前方傳來窣窣的聲響。我豎耳傾聽。那絕對是有人在走路的聲音。一定是那兩位荷蘭人，我想。於是我慢慢地往前移動，直到接近聲響來源。就在二十呎外的地方，有個人側對著我，是個男的。我知道我必須開口說話，否則就可能錯過他。

「你是荷蘭人嗎？」我結結巴巴地說，心想這可能是那兩位荷蘭人在等的人。

他僵在那裡，一言不發。於是我再問一次。聽來很蠢，但是我想或許我能得到某種反應。

「你是誰？」他反問我。

「我是美國人，」我說：「我見過你朋友。」

他轉過身，看著我，我正努力跨過石頭走到他身邊。他很年輕，大約二十五歲左右，一副嚇壞了的模樣。

「你在哪裡看到我朋友？」他問，聲音顫抖。

他看著我，我可以感覺到他有多害怕。一陣戰慄流過我身體，我努力維持住自己的能量。

「在下游那邊，」我回答：「他們告訴我他們在等你。」

「那裡有中國人嗎？」他問。

「沒錯，但我想你的朋友已經逃走了。」

他看起來更慌張了。

「他們告訴我，」我很快地說：「你認識威爾森．詹姆士，我正在找他。」

他往後退。「我得離開這鬼地方。」他說著便轉身離開。

「我見過你，」我說：「你在仲巴的一個檢查站被攔了下來。」

「是有這回事，」他說：「你也在那裡？」

「我就開在你後面。我看到一位中國軍官在盤問你。」

「沒錯。」他回答，同時緊張地左顧右盼。

「威爾呢？」我問，努力想保持冷靜。「威爾森．詹姆士。你認識他嗎？他有沒有告訴你關於入口的事？」

這位年輕人什麼話也沒說，眼神因恐懼而顯得空茫。他轉過身，往回跑過層疊的岩石，向上游跑去。我追了他一會，但他很快地消失在夜色中。最後，我停下腳步，回頭看著廂型車和我們吉普車停放的地方。我還可以看到車燈，也聽得到模糊的交談聲。

我轉過身，繼續往北走，心裡明白我又斷送了一次好機會。我沒從那人身上得到任何訊息。我試著不去理會這次失敗。眼前更重要的是找到寅，想辦法逃走。最後，我找到來時的路，幾分鐘後，就隱約聽到吉普車的車聲。

5 覺識的感染力

我在狹小的車廂內盡量伸展四肢。我感到疲憊不堪，納悶寅怎麼還有體力開車。我知道我們很幸運。正如寅所猜測，中國軍隊似乎對這次的緝捕行動漫不經心。他們只派了一位哨兵看守那兩位荷蘭人的廂型車，其他人則敷衍了事地往反方向搜尋，完全沒注意到我們的吉普車。寅設法發動吉普車，不發出太大的聲響，在不被察覺的情況下，把車開到河邊載我。

寅還是關著頭燈開車，並隔著擋風玻璃，全神貫注地盯著漆黑的路面。過了一會兒，他回頭看我一眼。「你遇到的那位年輕荷蘭人什麼也沒說？」

「沒錯，」我說：「他太害怕了，所以就那樣跑了。」

寅搖搖頭。「這是我的錯。如果我先告訴你第三個禱告延伸的事就好了。你就可以更有效地取得訊息。」

我問他這話是什麼意思，他擺擺手，要我專心聽。

「要記得你身處何處，」他指示我：「你已體驗了**第一個延伸：與神聖能量相連，讓它流過你全身，並觀想它形成一種先你而行的能場**。**第二個延伸**，就像我一直解釋的，**是要設定你的能場，讓能場增進生命的流動**。要永遠保持警覺、懷抱期望，才能夠做到這點。**第三個延伸是將你的能場設定在流出的狀態，以增強其他人的能量與振動層次**。當你的禱告能場以這種方式接觸其他人時，他們會感覺到突如其來的一股心靈能量、清澈與直覺，這樣他們就比較可能提供你正確的資訊。」

寅說的話，我一聽就明白。我曾在祕魯接受威爾和桑傑士神父的教誨（參見《聖境預言書》第五章），也探討過如何將能量傳送給其他人，把這當成是一種對待別人的新倫理態度。現在，寅似乎是在澄清如何更有效地做到這點。

「我知道你的意思，」我說：「有人教過我，在每個人臉上都可以找到一種更高自我的表情（higher-self expression）。如果我們對那個自我、那個表情說話，我們的能量就能將一個人提升到更高自我意識的層次。」

「沒錯，」寅說：「但是，倘若知道如何以傳說所解釋的方法去延伸自己的禱告能場，效果會更顯著。我們必須期待自己的禱告能場先我們而行，去增強在遠處的人的振動層次，甚至是早在我們能看到他們的臉之前。」

我疑惑地看著他。

「這麼說好了：如果你確實地練習第一個延伸，那麼能量就會流向你，你就更能看清楚這個世界的原貌——多彩、振動、美麗，像一座神祕的森林或一片色彩繽紛的沙漠。現在，要練習第三個延伸，你必須有意識地觀想你的能量滿溢出來，流到周遭其他人的能場內，提升他們的振動頻率，如此一來，他們也將開始看見這個世界的原貌。一旦如此，他們就能慢下腳步，察覺同步事件。一旦我們將能場設定在這種狀態，要觀察其他人臉上更高自我的表情，就更容易了。」

他停了一下，轉頭看我，似乎忽然想到某件事。

「還有，要記得，」他接著說：「提升別人的能量時，必須避開一些陷阱。每個人的臉都是一種相貌模式，就好像一種……呃……墨痕，你可以在其中看見許多事物。你可以看到虐待子女的父親所產生的憤怒，不愛護子女的母親所顯現的冷漠，也可以看到威脅你的人的面容。這是過往事件的投射，一種創傷情境所創造出來的感受，這種感受將影響你對他人的期待。當你看到一個人長得很像曾經冤枉你的人，即使只是略微相像，你也往往會期待那個人一樣會冤枉你。

「這點非常重要，你一定要了解，而且必須格外小心。我們必須超越這種由過去經歷所操控的期望，明白嗎？」

我點頭，迫切地想聽他說下去。

「現在，再想想你在加德滿都旅館發生的事。我們必須更仔細地看待那件事。你不是說過，游泳池畔的那個人一坐下，附近每個人的心情就變好了？」

我再次點頭，思緒回到過去。沒錯，就是這樣。那個人似乎在開口說話之前就把一種新的氣氛帶進游泳池畔。

「之所以如此，是因為他的能量早已準備好要進入其他人的能場、增強他們的能量。仔細想想，當時你有什麼感覺？」

我將目光移開一會，試著在腦中回憶當時的情況。最後我開口說：「每個人似乎都從煩躁、不滿，轉為更開敞、願意與人交談。這很難解釋。」

「他的能量開啟了你們的心胸，使你們願意去探索新的事物，」寅繼續說：「而不是卡在原本的恐懼、絕望，或其他負面感覺當中。」

寅停了一會，專注地看著我。

「當然，」他繼續說：「結果也可能相反。倘若這個人走進游泳區時能量不夠強，就很可能被你們這些人的低能量狀態所吞噬，反而被往下拉到你們的層次。你遇到那位年輕的荷蘭人時，就是這個樣子。他很害怕，而他的恐懼影響了你。你被他的情緒所吞噬。你看，我們所有人的能場，到了外面都是混雜在一起的，最強的能場將主導全局。這就是勾勒出人類世界特色的潛意識動力（unconscious dynamic）。我們的能量狀態，我們主導性的期望，無論是什麼，都會向外發散，影響所有人的心情和態度。**人與人之間的覺識層次，以及相隨的所有期望，都具有感染力。**」

他接著說：「這解釋了群眾行為的奧祕，例如，為何有些行止端正的人，會受到那些處於恐懼或憤怒情緒的人所影響，而參與私刑、暴動、或其他卑劣的行為。這也解釋了為何假設往往會成真；為何電影和電視能對意志薄弱的人產生如此強大的影響力。地球上每個人的禱告能場，都與其他人的能場相互糾結，創造出我們在外界看到的所有規範、團體合作關係、民族思考態度，以及種族敵視。」

寅微笑。「文化也具有感染力。只消到外邦旅行一回，看看當地人的想法是如何地不同，對事物的感受又有何差異，這顯現在氛圍和觀念上。這是我們必須了解與掌握的現實。我們要記得有意識地使用第三個延伸。與別人相處時，若發現自己開始受對方影響、開始被他的期望所左右，我們就必須重新開始貫注能量，有意識地讓能量溢出，直到自己的心情提升為止。要是你對那位年輕的荷蘭人這麼做，也許就能知道威爾的消息了。」

寅的話打動了我。他似乎完全了解這個資訊。

「寅，」我說：「你真是知識淵博。」

他的笑容褪去。

「知道這一切是如何運作的，」他說：「和有能力確實做到，兩者是有差距的。」

我一定睡了好幾個鐘頭，因為我醒來時，旭日已東昇，吉普車也停靠在道路上方一塊平坦的空地上。我伸伸懶腰，又癱回座椅。接下來幾分鐘，我凝視著下方碎石路上的數墩石堆。有位牧人領著一頭馬和小拖車經過，除此之外，路上空無一人。天空如水晶般透亮，身後傳來某種禽鳥的鳴叫聲。我深吸一口氣。昨日的緊張已消除大半。

寅慢慢挪動身體，坐直身子，面帶笑容地轉頭看了我一眼。他跳下吉普車，伸展四肢，然後從後座取出露營用的瓦斯爐，放上平底鍋，準備煮麥片和茶。我下車加入他，然後像之前一樣，試著跟他做一連串困難的太極動作。

背後傳來車輛飛馳而來的聲音。我們機靈地跑到岩石後。一輛越野車急駛而過，我和寅都認出這輛車。

「那位年輕荷蘭人開的車，」寅說著便往吉普車跑去。我一把抓起瓦斯爐，把它丟到後座，跳上車，寅開始迴轉。

「他的車速這麼快，追得上算我們運氣好。」寅說。我們開始追趕那輛越野車。

我們開過一座小山丘，轉進一條狹窄的小路，最後終於看見那輛車在我們前方好幾百碼處疾駛。

「我們必須用我們的禱告能量去接觸他。」寅說。

我做了次深呼吸，觀想能量沿著道路向外流出，流進那輛越野車內影響那位年輕人。我想像他減速、停車。當我傳送這樣的影像時，那輛車反而加速疾駛，與我們拉開距離。我一頭霧水。

「你在搞什麼？」寅大吼，回頭看我。

「我在運用能場叫他停車。」

「別那樣使用能量，」寅急促地說：「那會帶來反效果。」

我一臉茫然地看著他。

「如果有人試著操控你，讓你去做某件事，」寅問：「你會怎麼樣？」

「我會抗拒。」我說。

「這就對了，」寅繼續說：「那位荷蘭人潛意識感覺你正要他做一件事。他感到自己被操控，因此覺得不管在他後方的是誰，都來意不善，結果反而更害怕，決定要逃。我們只能觀想自己的能量向外擴張，提高了他的振動層次，讓他更能克服恐懼感，並與更高自我的直覺接觸。順利的話，他就會比較不怕我們，也許還願意冒險與我們交談。我們的禱告能量能做的，就只有這樣。除此之外，任何其他的意圖，都是假定我們知道怎麼做對他最好，但事實上這只有他自己知道。一旦我們傳送足夠的能量給他，也許他更高層次的直覺會叫他擺脫我們，離開這個國家。如果結果是這樣，我們也必須接受。我們所能做的，只是幫助他盡可能提升能量層次，做出決定。」

繞過一個彎道，那輛藍色越野車便不見蹤影，於是寅減低車速。右手邊有一條更窄的小路，看來格外醒目。「走這邊！」我指著這條小路。

前方一百碼處，一座小山丘底下，有條寬而淺的溪流。河中央，那位荷蘭人的越野車引擎正急轉著，車輪也急速打轉，泥漿四濺，但車子仍文風不動。它卡住了。

那位年輕人回頭看了我們一眼，隨即打開車門，準備逃跑。但他忽然認出我來，於是關閉引擎，走到及膝的溪水中。

我們把吉普車停在溪邊，寅盯著我。我看得出他想提醒我要好好使用自己的能量。我對他點點頭。

「我們能幫你。」我對那位年輕人說。

他懷疑地看了我們一會兒。我和寅走下車，在他踩油門時幫忙推擋泥板，漸漸地，他變得親切。越野車的車輪又打轉了一會，泥巴飛濺到我的褲管上，然後車子一躍而出，越過溪到另一邊。我們開著吉普車跟在後頭。那位年輕人看了我們一會，似乎在考慮是否要開溜，但最後他下車朝我們走來。他走近時，我們便自我介紹。他告訴我們，他叫雅各。我們交談時，我開始在他臉上找尋最有智慧的表情。

雅各搖頭，他仍然恐懼不已，又花了幾分鐘確認我們的身分，詢問我們他失蹤朋友的消息。「我不知道我幹嘛到西藏來，」他最後說：「我一直都覺得到這裡來太危險。但我朋友要我一起來。我不知道自己怎麼會答應。老天爺，這裡到處都有中國軍人。他們怎麼知道我們會去那裡？」

「你是否曾向陌生人問路？」寅問。

他看著我們。「有。你認為是他們告訴那些軍人的嗎？」

寅點頭，雅各似乎更慌張了。他緊張地四處張望。

「雅各，」我問：「我必須知道，你是否曾遇到威爾森．詹姆士？」

雅各似乎還是無法專心。「我們怎麼知道那些中國人沒有跟在後面？」

我試著捕捉他的視線，最後成功地讓他看著我。「雅各，這很重要。你記不記得見過威爾？他有著祕魯人的外表，卻說著美國腔的英語。」

雅各還是滿臉困惑。「這有什麼重要？最要緊的是找路離開這兒。」

我們聽著雅各提出建議：可以先在哪些地方紮營等中國人離開，或更好的是，瘋狂地越過喜馬拉雅山，直抵印度。

我繼續觀想我的能量流入他體內，並專注看著他的臉，在他的五官尤其是雙眼中，找尋冷靜與智慧的表情。最後，他開始看著我。

「你為什麼要找這個人？」他問。

「我們認為他需要幫忙。就是他叫我到西藏來的。」

他看了我一會，顯然在試著集中注意力。

「沒錯，」他最後說：「我是見過你朋友。當時他在拉薩一間旅館的大廳裡。我們面對面坐著，開始聊有關中國強勢占領西藏的問題。我一向都對中國人侵略的行徑感到義憤填膺，我想，我之所以到這裡來，也許是因為我想有所行動，做什麼都行。威爾告訴我，那天他在旅館內見到我三次，這有某種意義。但我不知道他這話是什麼意思。」

「他是否提到一個叫香巴拉的地方？」我問。

他看起來很有興趣的樣子。「不算有。不過他有提到，要等香巴拉為世人所知曉，西藏才能重獲自由。就只有這樣。」

「他有提到入口嗎？」

「好像沒有。談話內容我記得不多。其實我們只聊了一下子。」

「那他要往哪裡去呢？」寅問：「他提到過他的去向嗎？」

雅各移開視線，思索了一會，說：「我想他提到過一個叫多瑪（Dormar）的地方……是多瑪沒錯吧，我想……另外還提到那裡一間老寺院的廢墟。」

我看著寅。

「那地方我知道，」他說：「它在西北邊很遠的地方，開車大概要四、五天。那條路不好走……而且很冷。」

一想到要走那麼遠，深入西藏荒涼的野地，就讓我能量盡失。

「你要和我們一起前往嗎？」寅問雅各。

「喔，不了，」他說：「我得離開這鬼地方。」

「你確定？」寅追問：「現在中國人好像抓得很緊。」

「我不能去，」雅各移開視線。「現在只剩下我可以聯絡我們政府，找尋我的朋友——如果我有辦法獲得援助的話。」

寅潦草地在紙上寫了些字，交給雅各。

「找個電話，撥這個號碼，」寅說：「向對方提我的名字，然後把你的電話號碼告訴他們。他們確認你的身分後就會回電給你，告訴你該怎麼做。」寅告訴雅各回薩嘎最好的方法，我們陪著他走到停放越野車的地方。

他一鑽進車裡就說：「祝你們好運……希望你們可以找到威爾。」

我點點頭。

「如果你真能找到他，」他補充說：「那麼，這也許就是我到西藏來的目的了，對吧？這樣才能幫上你的忙。」

他轉過頭去，發動越野車，又看了我們一眼，便駕車離開。寅和我急忙跑回吉普車，等我們把車開到主幹道時，我瞥見他在微笑。

「你認為你現在了解第三個延伸了嗎？」他問：「想想第三個延伸所需的一切。」

我看了他好一會兒，思索他提出的問題。看起來，這個延伸的關鍵是以下觀念：我們的能場能夠增強他人的能量，將他人提升到一種更高的覺知層次，使他們能夠碰觸自己的引導直覺。對我而言，擴展這個概念的，是「我們的禱告能場會先我們而行」這個觀念，以及我們能設定自己的能場，振奮周遭所有人的精神——即使我們並未直接與他們交談，甚至連他們的面都沒見到。只要全心觀想這件事，並期望這件事發生，就能做到。這些觀念我在祕魯時從未聽聞。

當然我們絕不能用這種能量去控制別人，否則反而會招致反效果，就像之前我想迫使雅各停車時發生的情形。我將這些想法一五一十地告訴寅。

「你所了解的，是人類思想互通聲息的層面，」寅解釋道：「從某方面來看，我們都分享著彼此的想法。當然，我們可以控制自己，把他人隔絕在外，獨立思考。但就像我之前說的，最具主導性的人類世界觀，絕對是個強大的信念與期望能場。人類進化的關鍵，是要有夠多的人，有能力把對愛的更高期望，發散到這個人類能場中。這種努力使我們得以建立一個更高的能量層次，並且彼此激勵，發揮我們最大的潛力。」

寅似乎讓自己放鬆了一會，然後回頭對我微笑。

「香巴拉文化，」他說：「就是建立在設定這種能場的基礎上。」

我忍不住回以微笑。我說不上來，只覺得這趟旅程開始變得有意思了。

接下來兩天，風平浪靜，沒看見中國軍隊的蹤影。我們仍行駛在南路上，繼續朝西北方前進，途中跨越了瑪永拉（Mayun-La）隘口附近的一條河流。道路兩旁盡是霜雪覆蓋的山峰，景色壯麗。第一天晚上，我們投宿在烏克倫格（Hor Qu）一家寅聽說過的不起眼的公路旅館。第二天一早便朝聖湖前進。

駛近湖邊時，寅說：「到了這裡，我們又要分外小心了。這裡有來自附近各地的人，有印度人、尼泊爾人、中國人，以及西藏人，他們都以這個湖——還有更遠處的神山——為主要目的地，因為這裡是無與倫比的聖地。這裡會有許許多多的朝聖者，當然也會有中國的檢查站。」

寅又往前開了幾哩，之後轉進一條古老的小徑，繞過一個檢查站，聖湖便出現在眼前。我看著寅，他面帶微笑。眼前的湖光山色美得難以置信：一顆彩青碧綠的大珍珠坐落在綠褐色的岩石地表間，背後是白雪皚皚的山峰。寅指著其中一座說，那便是神山。

我們駛過聖湖，看到一群群朝聖者圍繞在幾根掛滿旗幟的大柱子前。

「那是什麼？」我問。

「禱告旗，」寅回答：「以掛旗幟來象徵我們的禱告，已經是西藏流傳好幾世紀的傳統。禱告旗放在那裡隨風飄揚，把蘊含在旗幟裡的禱告持續地送達上天。也有人拿禱告旗作為贈禮。」

「這些旗子是在禱告些什麼呢？」

「它們祈禱愛能擴散到所有人身上。」

我無言以對。

「很諷刺吧？」寅說：「西藏文化全然奉獻給心靈生活。我們大概是世界上宗教意味最濃的國家，但我們卻受地球上最無神論的政府——中國政府——攻擊。這麼鮮明的對比，是要讓全世界明白：占上風的，要不是這個想法，就是那個想法。」

我們未再交談，一路開過另一個小鎮，進入離神山最近的城鎮達千（Darchen）。寅請兩位他認識的技師檢查我們的吉普車，以防在途中發生任何問題。我們跟著當地的藏人，盡可能不引人注意地在靠山處紮營。眼前白茫茫的山峰占據我的目光。

「從這裡看去，神山就像是一座金字塔，」我說。

寅點頭。「這告訴了你什麼呢？它是有力量的。」

當夕陽落到地平線之下時，我們目睹了一幅動人的景象。壯盛的日落在西邊的天空揮灑一層又一層的桃紅色雲霞，同時，隱入地平線下的夕陽，卻仍舊照在神山山壁，將積雪的山坡幻化成光彩奪目的澄黃景致。

「亙古至今，」寅說：「多少偉大的皇帝，騎著馬或搭著車，橫越數千哩到西藏來目睹這些景象。人們認為，清晨的第一道曙光，與黃昏時最後一道落日餘暉，具有恢復活力、激發思想的強大力量。」

寅說話時，我不時點頭，凝望周圍華麗莊嚴的光芒。我確實感覺到活力恢復了，而且幾乎心如止水。在我們面前，朝神山望去，平坦的谷壑與低矮的丘陵沐浴在陰影與淺褐色的投影交迭映照的漸層中，與被陽光照射，看似由內而外發散著光芒的高聳山脊，形成詭譎的對比。看到這超然脫俗的景致，我才明白為何西藏人如此重視性靈。光是這片土地的光蘊，就足以引領他們毅然走向更充足的意識層次。

第二天一大早，我們再度上路。五個小時不到，便抵達阿里（Ali）外圍。天上烏雲密布，氣溫遽降。為了繞過市區，寅在幾乎寸步難行的路上轉了好幾個彎。

「這裡現在主要是中國人的地盤了，」寅說：「到處都是軍人的酒吧和脫衣舞酒館。我們得在不受注意的情況下通過。」

等我們開到一條像樣的道路時，已經到了阿里北邊。突然間，我看到一棟新蓋的辦公大樓外停了好幾輛新卡車。各個樓面都不見人影走動。

寅也看到了這棟大樓，於是駛離主幹道，轉入一條老舊的車道，停了下來。

「那是一棟新的中國設施，」他說：「我不知道它就在這裡。等一下經過時，麻煩你仔細看看那裡有沒有人在看我們。」

此時驟然颳起了一陣風，接著下起大雪，恰好可以模糊我們的身影。吉普車繼續開，我仔細看著那棟大樓的各個樓面。這棟大樓的窗戶多半被厚窗簾遮住。

「那是什麼地方？」我問。

「勘油站吧，我想。誰知道呢？」

「這天氣是怎麼回事？」

「看起來快要有暴風雪了。這倒幫了我們一個大忙。」

「你認為他們也許正在這裡找我們，對吧？」我問。

他看著我，眼底帶著深沉的悲哀，接著，他的哀傷轉為一股憤怒。

「我父親就是在這個鎮被殺的。」他說。

我搖搖頭。「你眼睜睜地看著它發生，一定很難受。」

「這種事發生在好幾千位藏民身上。」他說道，雙眼瞪視前方。

我可以感覺到他的憎恨。

他搖頭。「要緊的是，別再想這件事了。我們必須避免這樣的影像。尤其是你。我告訴過你，我可能無法控制自己的憤怒。你必須處理得比我好，這麼一來，在必要時，你才能夠單獨前往。」

「什麼？」

「注意聽我說，」他說：「你必須了解你究竟身在何處。你已經學會前三項延伸了，也能夠持續提升能量、創造出強大的能場，可是，你和我一樣，還是會落入恐懼與憤怒的桎梏中。我還要告訴你一些關於穩住外流能量的事。」

「你說的『穩住』是什麼意思？」

「你必須更穩定你的能流，它才能夠強有力地從你體內流到這世界，無論處於何種狀況。等你做到時，你學到的三個延伸都能變成一種持續的想法與生活方式。」

「這是第四個延伸嗎？」我問。

「是第四延伸的開端。我即將告訴你的，是我們所知的最後一項資訊。第四項延伸的其他訊息，只有香巴拉的人才清楚。這些延伸共同運作時的理想狀態應該是：禱告能量從你內在神聖的連結出發，先你而行，帶來你所期望的同步事件，並使接觸到的每個人提升到更高的自我層次。禱告能量以這種方式擴大我們生命的奧祕進化，也讓我們覺悟並完成個人在這星球上的任務。不幸的是，我們在路上遭遇到阻礙，也就是使我們心生恐懼的挑戰，這份恐懼，正如我們之前討論的，令我們心生懷疑，因而瓦解了我們的能場。更糟的是，這份恐懼還能引發負面影像與錯誤期望，結果，我們所恐懼的事就真的出現了。現在你必須學習的，是穩住自己更高層次能量的方法，這樣你才能更常保持在這種正面的能流當中。」

「恐懼的問題在於，」寅繼續說：「它可能以非常微妙的形式迅速地潛入我們的思想。你知道，恐懼的影像通常是我們不想要的結果。我們怕失敗，怕讓自己或家人蒙羞，怕失去自由、失去所愛、失去生命。難就難在，當我們開始感受這種恐懼時，它常常會轉化成憤怒，我們便使用這種憤怒去武裝我們的力量，反擊讓我們感受到威脅的人。無論是覺得害怕或憤怒，我們都必須明白，這些情緒都來自於同一個源頭，也就是我們想掌握的那些生活層面。傳說提到，既然**恐懼與憤怒，是源於我們擔心自己會失去某樣事物，那麼，避免這些情緒的方法，就是讓自己超然於事物之上。**」

我們已經到了城鎮最北邊，雪愈下愈大。寅努力想看清路面，因此講話時只偶爾看我一眼。

「以我們為例，」他說：「我們正在找尋威爾和香巴拉入口。傳說這麼說：在我們設

任何事物總有光明面，
總有能支撐我們的積極意義。

《聖境香格里拉》詹姆士．雷德非(James Redfield)／著
李玟芳／繪圖
遠流

定自己能場，期望引導我們的正確直覺與事件出現的同時，我們也應該完全將自己抽離任何特定結果。之前我提醒你太在意雅各是否停車，就是在告訴你這個觀念。出離（detachment）的重要性，是佛陀傳遞的重要訊息，也是所有東方宗教給全人類的禮物。」

這觀念我很熟悉，但此刻我看不出其意義何在。

「寅，」我抗議道：「我們怎能完全抽離呢？我常覺得這個觀念聽起來像是象牙塔理論。我們幫不幫得上威爾可能是一件生死攸關的事，怎麼可能不在乎結果呢？」

寅把吉普車停靠在路邊。現在的能見度幾乎是零。

「並不是說不要去在乎，」寅繼續說：「而是不要執著於任何特定的結果。總之，我們從生命中得到的，常與我們想要的稍有出入。出離，是要了解在任何事件、任何結果當中，都包含更高的旨意。**任何事物總有光明面，總有能支撐我們的積極意義。**」

我點頭。我在祕魯時已學到這點。

「我大致了解用這種方式看待事情的重要性，」我說：「但這樣的見解難道沒有它的侷限嗎？如果我們快被殺掉或受人折磨，那又該如何是好？在這種時候，你很難保持出離的態度，或去看見光明面。」

寅嚴肅地瞪著我。「但如果遭受折磨是我們未能以出離心面對事件的結果呢？傳說提到，當我們學會抽離時，能量就能維持在夠高的層次，就能避掉所有極端負面的事件。如果我們保持精氣，只期待正面事件，無論結果是否如預期，奇蹟都將發生。」

我無法接受這種說法。「你是說，每一個發生在我們身上的負面事件，都是因為我們錯過了避免這件事的同步性機會嗎？」

他面帶笑容地看著我。「是的，正是此意。」

「這也太可怕了吧。這麼說來，得癌症的人不就該受譴責嗎？因為他錯過了治療的時機，所以他會生病是他自己的錯？」

「不對，沒有人該受責難。我們都已盡力而為了。但是，如果我們想獲致最高層次的禱告能量，那麼我剛才對你說的話，就是我們必須接受的真理。我們必須盡量強化自己的能場。要這麼做，就得抱持堅定的信心，相信自己在面臨問題時終能獲救。」他說。

「我們有時會錯過某些事物，」他接著說：「人類的知識是不完整的，我們也許會死，也許會受折磨，那是因為我們缺乏資訊。但事實是：如果我們掌握了人類終將擁有的所有知識，則永遠會有人引導我們脫離險境。當我們假定情況是如此時，就能發揮最大的力量。由此我們便能保持出離、圓融的態度，並建立有力的期望能場。」

這開始合乎邏輯了。寅在告訴我，我們必須假定同步性過程總會將我們帶離有害的方向，且我們事前就能知道該採取何種行動，因為這種能力是我們的天命。如果我們都相信這一點，這種靈能遲早將成為所有人的生活方式。

「所有偉大的神祕家都說，」寅說：「擁有堅定信心後再採取行動很重要。你們西方聖經裡的使徒約翰也描述了這種信心的結果。有人把他放入一桶滾燙油鍋裡，但他毫髮無傷。還有些人和幾頭餓獅關在一起，結果全身而退。這些都只是神話嗎？」

「但是，要有多堅定的信心，才能達到這種刀槍不入的境界呢？」我問。

「必須要到接近香巴拉居民的層次，」寅回答：「你沒看出其中的關聯嗎？如果我們持續的禱告期望夠強，就會兩人都期待同步事件，並將能量傳送給其他人，好使他們也期待同步事件。能量層次就這樣持續升高，同時，空行母也會一直……」

他迅速移開目光，顯然因自己又提到空行母而感到驚懼。

「空行母怎麼樣？」我問。

他噤若寒蟬。

「寅，」我逼問他：「你得告訴我你是什麼意思。空行母跟這一切又有什麼關係呢？」

最後，他深吸一口氣，說：「我只能告訴你我自己清楚的事。傳說提到，只有香巴拉的人才了解空行母，我們要非常小心。除此之外無可奉告。」

我生氣地看著他。「好吧，我們必須自己去發現，對吧？等我們到了香巴拉之後。」

他哀怨地望著我。「我說過，我和中國軍隊的糾葛太深。我的仇恨與憤怒侵蝕了我的能量。任何時候，如果我發現自己拖累了你，我就必須離開，而你必須單獨前往。」

我瞪著他，不願想這個問題。

「記住我的話，」他繼續說：「要保持出離心，要相信會有人引導你克服險境。」

他頓了頓，發動吉普車，繼續行駛在白雪紛飛的路上。

「當然了，」他最後說：「你的信心將受到考驗。」

6 香巴拉入口

往北開了四十分鐘後，寅轉入一條年分久遠的貨車道，朝二、三十哩外的高山前進。雪愈下愈大。起初我們隱約聽到一種低沉的嗡嗡聲，這聲音漸漸變大，淹沒了吉普車的引擎聲和呼嘯的風聲。

我和寅認出了這聲音，兩人面面相覷。

「直升機，」寅大喊，將吉普車駛離車道，穿越岩石地帶。吉普車劇烈地彈跳。「我就知道。就算是這種天氣，他們也有辦法飛行。」

「你這樣說是什麼意思？」

聲音來到我們頭頂上，我想我聽到了兩架直升機的聲音，其中一架就盤旋在我們正上方。

「是我的錯，」寅在隆隆的直升機聲中扯著嗓門喊道：「你快出去！快！」

「什麼？」我大吼。「你瘋了嗎？你叫我要到哪裡去？」

他在我耳邊大叫。「別忘了保持警覺，聽清楚了沒？往西北一直走到多瑪！你一定要到崑崙山！」

他手腳俐落地開了我這一側的車門，把我推出去。

我雙腳落地，滾了好幾圈，撞到一個大雪堆。我坐起來，奮力尋找吉普車的蹤影，但寅已經把車子開走了，紛飛的大雪阻擋了我的視線。我驚恐到了極點。

就在這時，右邊有動靜吸引我的注意。隔著層層風雪，依稀可見約莫十呎外，站著一個身材高䠷的人，他穿著犛牛皮製的黑褲和羊皮背心，頭上戴頂帽子。他佇立不動，專注地看著我，羊毛圍巾遮住了他部分的臉。我認得那雙眼睛，但是是在哪裡見過呢？頃刻，他抬頭望著上方的直升機，直升機又巡了一圈，然後疾駛而去。

毫無預警的，吉普車開去的那個方向傳來三、四次可怕的爆破聲，把四周圍的岩石和白雪給吹散開來。空氣中充斥著硝煙的氣味，令人窒息。我站起來，蹣跚地走開，四周又響起幾次較小型的爆炸聲。漫天煙塵中瀰漫著某種有毒氣體。我的頭暈了起來。

半夢半醒間我聽到了音樂聲，那是一首我聽過的中國傳統曲調。我驚醒過來，發現自己身在一間裝潢典雅、中國風味的寢室裡。我在綴飾華麗的床上坐了起來，推開絲絨被單，發現身上只穿著醫院病服之類的衣著，而且也浴洗過了。這房間至少有二十呎見方，方格壁板上掛著不同的壁畫。有位中國婦女正透過門縫窺視我。

門開了，走進來的是一位全副軍裝、身材筆挺的中國軍官。我全身戰慄。到目前為止，我已經和這位軍官打過數次照面了。這使我心跳加速。我試著延伸自己的能量，但見到這位軍官卻使我絲毫使不上力。

「早啊，」他說：「你還好吧？」

「就受到毒氣攻擊而言，」我回答：「我還算好。」

他微笑。「毒氣效果並不持久，我向你保證。」

「這裡是哪裡？」

「你在阿里。醫生已經來檢查過了，你目前的身體狀況還好。不過，我必須問你一些問題。你為什麼和寅．多羅一起旅行？你們要去哪裡？」

「我們要去參觀一些古老的寺院。」

「喔？跋涉千里？原因何在？」

我決定不再透露任何口風。「因為我是觀光客。我有簽證。為什麼我會受到攻擊？美國大使館知道我被拘禁了嗎？」

他又露出笑容，心懷不軌地注視我的眼睛。「我是張上校。沒有人知道你在這裡，何況，如果你觸犯了我們的法律，也沒人幫得了你。多羅先生是個罪犯，他是西藏某個妖言惑眾的非法宗教組織的成員。」

我最怕的事似乎已經發生了。

「我毫不知情，」我說：「我想打電話。」

「為什麼寅・多羅和其他人要找叫香巴拉的地方？」

「我不知道你在說什麼。」

他往我走近一步。「威爾森・詹姆士是誰？」

「他是我朋友，」我說。

「他也在西藏嗎？」

「我想是，但我還沒碰到他。」

張上校嫌惡地看著我，然後一言不發地轉過身，大步走了出去。

情況很糟，我想，而且是非常糟。我正準備下床，但護士回來了，還帶了六位軍人一起進來，其中一位推著一種看起來像是鐵肺（iron lung）的器具，不過它比鐵肺更大，而且是放在又高又寬的柱腳上，顯然這樣才可以套在臥床的人身上。

我還沒來得及開口，這些軍人便一把抓住我，把機器套在我身上。護士打開開關，機器隱約發出一種嗡嗡聲，一道強光直射在我臉上。即使閉上眼睛，依然可見這道光線就像影印機的掃描器似的，由右而左在我頭上移動。

機器一停，那些軍人就把設備移開，然後離開房間。護士又停留了一會，上下打量我。

「那是什麼？」我結巴地說。

「只不過是一種X光機罷了，」她用英語回答，並刻意使咬字清晰，同時把手伸進衣櫃裡，取出我的衣物。他們清洗過我的衣服，還折得整整齊齊的。

「那是做什麼用的？」我追問。

「檢查你全身，確定你沒事。」

就在這時，房門再度打開，張上校又走了進來。他從牆邊拿起一把椅子，放在我床緣。

「也許我該告訴你我們在這裡面臨的情況，」他坐了下來，面容憔悴：「西藏有許多宗教派系，其中許多信眾想讓世人以為他們是受中國壓迫的宗教民族。我承認，我們在一九五〇年代和文化大革命那時的政策確實很苛刻。但這幾年來，政策已有了轉變。我們盡量容忍，儘管中國政府的官方政策是無神論。這些教派必須記得，西藏也不同了。有許多中國人住在這裡，且在這裡定居，其中許多人並不是佛教徒。大家必須共同生活。西藏不可能再回到喇嘛統治的時代了。你明白我說的話嗎？這個世界已今非昔比。即使我們想歸還西藏自主權，對此地的中國人也不公平。」

他等我開口說話。我想質問他，中國政府把中國人民引進西藏，是不是想削弱西藏文化。但我卻說：「我認為他們只是想自由自在地追求自己的宗教。」

「我們已經准許一些這樣的事了，但他們做的事卻總是變來變去。我們以為已經知道掌權的是誰，結果卻又變了。我認為我們已經和部分官方的佛教僧侶建立良好的關係，但是在印度的西藏流亡難民，還有多羅先生參與的那個團體，因聽信某種神祕的口傳知識而散布有關香巴拉的言論。在西藏這兒，還有許多重要的事有待完成。這裡的人很窮困，我們必須提升他們的生活品質。」

他看著我，咧嘴而笑：「他們怎麼會對香巴拉的傳言信以為真呢？那就像是小孩子幼稚的想法。」

「西藏人相信，在我們看到的物質世界之外，還有另一個更具靈性的實相，香巴拉就是在那個實相中，並且就在西藏這裡。」我不敢相信自己竟冒險同他爭辯。

「可是，他們怎麼會以為真有這麼一個地方呢？」他說：「我們已經搜遍西藏每一寸土地，從空中，甚至透過衛星，結果一無所獲。」

我默然不語。

「你知道那地方會在哪兒嗎？」他追問：「這就是你到這裡來的原因嗎？」

「我也很想知道它究竟在哪裡，」我說：「或甚至它究竟是什麼，但恐怕連我也不知道。我也不想惹上中國當局。」

我看他聽得很專注，便繼續說：「事實上，這一切都讓我怕得不得了，我真的寧願一走了之。」

「喔，千萬不要，我們只是希望你能告訴我們你所知道的事，」他說：「例如，是否真有這樣一個地方，或者它是不是一種祕密文化，我們想得到這方面的資訊。你同我們分享你的知識，也讓我們幫助你。或許我們能達成某種折衷方案。」

我看了他半晌，最後說：「我想聯絡美國大使館，如果可以的話。」

他試著隱藏心中的不耐，但我從他眼中明白地看出這一點。他瞪著我好一會兒，然後朝門口走去。到門口時，他轉過身。

「沒這個必要，」他說：「你可以走了。」

幾分鐘後，我走在阿里的街道上，把夾克的拉鍊拉到頂。雪停了，可是溫度還是很低。之前我被迫在護士面前更衣，然後被押著離開。走著走著，我檢查口袋裡的東西，驚訝地發現所有東西都在：小刀一把、皮夾一個，還有一小袋杏仁果。

我覺得頭暈、疲累。是焦慮的關係嗎？我納悶。還是毒氣的後遺症？或者是海拔太高？我試著甩掉這些念頭。

阿里是一個現代化都市，街道上，許多中國人、西藏人摩肩接踵，放眼望去盡是車輛。這裡美輪美奐的建築物和商店，與抵達阿里前那一路上所看到的破舊馬路和房舍，顯得有些格格不入。我環顧四周，看不到可能會說英語的人。走過幾條街，我覺得頭更暈了，不得不在路旁一塊老舊的水泥磚上坐下。我愈來愈害怕，幾乎快到恐慌的地步。現在該怎麼辦？寅發生了什麼事？那位中國上校為什麼就這麼放我走？他沒道理這麼做。

想到這兒，寅的影像清晰地顯現在我腦海，我想起他曾提醒我的話。我正讓自己的能量崩解，恐懼的情緒淹沒了我，而我也忘了去處理這種情緒。我深吸一口氣，試著提升自己的能量。

幾分鐘後，我覺得好多了。我看到幾條街外有一棟大型建築。建築物側邊有個寫著中國字的招牌，但我看不懂。不過，當我專心地看著這棟建築的外觀時，卻感應到清晰的影像：它是一間賓館或旅館之類的建築。我欣喜若狂。也許那裡會有電話，甚至可能遇上其他的觀光客。

我站起來往那裡走，謹慎地注意周遭是否有任何動靜。不到幾分鐘，我就走到與新綏（Shing Shui）旅館只隔幾棟房屋的距離，但我卻開始遲疑，小心地四下張望。似乎沒人跟蹤我。接近旅館門口時，我聽到了聲音：有東西落到雪地裡。我打量四周。街道正對面有條小巷子，二十呎外有幾位老人家正往相反方向走。我又聽到了那個聲音，這次很近。我目光向下移到自己腳邊，正好看到一顆小石子從小巷裡飛出落到雪地裡。

我往前走一步，試著看清楚陰暗的巷口。然後又走了好幾步，設法適應光線。

「是我。」有個聲音說。

我一聽就知道是寅。

我衝進小巷子裡，寅背靠紅磚牆站著。

「你怎麼知道我在這裡？」我問。

「我也不確定，」他回答：「我是用猜的。」他身子沿著牆下滑，坐到地上，我注意到他夾克背面有燒灼的痕跡。他移動手臂時，肩膀上出現一灘血漬。

「你受傷了！」我說：「怎麼回事？」

「沒什麼啦。他們丟下一枚炸彈，我從吉普車裡彈出來，撞到石頭。我在他們降落之前爬走。我看到他們把你抓進一輛卡車，載回這裡。我想如果你逃得走，應該會來這間最大的旅館，就這樣。你那邊呢？」

我告訴寅，我在一間中國房舍內醒來，有位張上校盤問我，然後便放我走。

「你幹嘛把我推出吉普車？」我問。

「我告訴過你了，」寅說：「我無法控制自己不去想像恐怖的事情。我太憎恨中國人了。因此他們能跟蹤到我。」他頓了頓。「他們為什麼放你走？」

「我也不知道，」我回答。

寅稍微挪動身體，臉孔因疼痛而扭曲。「也許張上校以為他能跟蹤到你。」

我甩甩頭。真會如此嗎？

「當然，他並不知道這背後的運作原理，」寅繼續說：「不過，如果你期望軍人會來，就給了他的自我某種訊息，讓他知道你在哪裡。也許這使他以為自己有某種神力吧。」

他費力地看著我。「你必須從我身上學到教訓。一定要掌控自己的想法。」

寅又看了我一會，然後一手握住手臂，帶我沿著這條小巷，穿過兩棟建築物之間一條狹小的通道，走進一棟看似荒廢的建築物。

「你得看醫生。」我說。

「不行，」寅斬釘截鐵地說。「聽我說，我不會有事的。這裡有人能幫我的忙。但是，我沒辦法陪你到古老寺院的廢墟了。你得自己到那裡去。」

我轉過身，內心的恐懼逐漸擴散。「我不認為我做得到。」

寅露出憂慮的神色。「你必須控制你的恐懼，保持出離心。我們需要你幫忙找到香巴拉。你必須往前走下去。」

他奮力想坐直，當他向我靠近時，臉孔痛苦地扭曲。「你難道不明白西藏人已經受太多苦了嗎？但他們撐著、等著，等全世界都知曉香巴拉的那一天。」他瞇著眼，與我目光交會。「想想我們能走這麼遠，一路上有多少人幫過我們。他們當中有許多人是冒著生命危險。有些人可能被囚禁，甚至被槍決了。」

我舉起我的手給他看。我的手在發抖。「你看我，我根本沒辦法動。」

寅目光銳利地看著我。「你以為你父親在第二次世界大戰，跳出登陸艇，奔向法國海灘，那時他心裡不怕嗎？其他人也不怕嗎？但他做到了！如果他做不到，結果會怎樣？如果其他人都做不到，又會如何？我們就可能輸掉那場戰役。所有人都可能因此而失去自由。

「我們西藏人已經失去自由了，但現在發生的事不只關係到西藏，也不只影響著你或我。這是一件勢必要發生的事，在許多代的人做了這麼大的犧牲之後，我們要用這件事來榮耀他們。在歷史的這個時刻，了解香巴拉，學習使用禱告能場，是人類進化的下一步。這是我們這一代最重大的任務。如果我們失敗了，就是讓我們前幾代的人失望。」

寅的臉色因痛苦而扭曲，然後他看向別處，淚水在他眼眶裡打轉。

「如果我能去，我一定會去，」他又說：「但現在，我認為你是我們唯一的希望。」

我們聽到了大卡車的聲音，看到兩輛軍方的大型運輸車駛過。

「我不知道要到哪裡去。」我說。

「那個古老寺院沒那麼遠，」寅回答：「走一天就到了。我可以找人帶你去。」

「我要在那裡做什麼？你之前說我會受到考驗，那是什麼意思？」

「要想通過入口，你必須讓神聖能量完完全全地流過你全身，並用之前學到的方法設定自己的能量。要知道能場是從你身上流出，影響接下來發生的事。最重要的是，你要控制恐懼的心象，保持出離心。你仍在害怕某些結果。因為你不想丟掉性命。」

「我當然不想死啊，」我幾乎是扯著嗓門喊著：「我還想做很多事。」

「沒錯，我知道，」他溫柔地回答：「但這是非常危險的。你必須拋掉所有失敗的想法。我做不到，但我認為你可以。你必須堅定地相信自己會獲救，會成功。」

他停下來，確定我是否了解。

「還有別的嗎？」我說。

「有，」他說：「如果其他人都失敗了，你也要繼續相信香巴拉正幫著你。尋找……」

他就此打住，但我知道他想說什麼。

第二天清晨，我坐在一輛老舊的四輪貨車上，擠在一位牧人和他四歲的兒子中間。該怎麼做，寅知道得一清二楚。儘管他痛楚難當，我們還是潛行過幾條街，抵達一棟老舊的泥磚屋。我們在那裡吃了熱騰騰的晚餐，並借住一宿。寅很晚才睡，忙著和幾個人談事情。我只能推測那些人是寅那個教派的成員，但我沒問。我們起得很早，幾分鐘後，開來一輛農用貨車，於是我爬上車。

我們走在一條被雪覆蓋的泥土路上，盤旋著往山上開。貨車顛簸著前進，轉了個彎，到了一處可以俯瞰泥磚屋的地方。我請他開慢點，以便看得更清楚。眼前的景象讓我驚懼莫名。那一整個區域都布滿了軍車和軍人。

「等等，」我對牧人說：「寅可能需要協助。我們必須停車。」

老人搖搖頭。「非走不可！非走不可！」

他和他兒子用藏語激動地說著，不時看我一眼，彷彿我有所不知。他加速行駛，我們通過一個隘口，開始穿越重重山嶺。

一陣因恐懼而起的劇痛在我胃裡爆開。我極為矛盾，不知該怎麼做。如果寅逃走了，需要我幫忙怎麼辦？另一方面，我想我知道寅期望的是什麼。他會堅持我往前走。我試著讓能量維持在高層次，但另一方面，我又懷疑有關入口和香巴拉的這一切，是否只是一場神話？即使這些都是真的，為什麼被允許進入的，是我而不是別人，如蔣帕或瑞格登喇嘛？這一切都不合邏輯。

我拋開這些想法，試著讓能量維持在高檔，凝望周邊覆雪的山尖。我們路過好幾個小村落，包括多瑪，我一直專注地觀看街景。吃完午餐，喝了一杯冷湯和一些乾馬鈴薯後，我睡了很久。醒來時，已是傍晚時分，大片雪花又開始從天而降，不多時，地面便覆上了一層新雪。貨車繼續往前開，山勢漸形綿密，我可以感覺到空氣愈來愈稀薄。遠方逐漸逼近的，又是一群高聳入雲的山峰。

那一定就是寅提到的崑崙山了，我想。部分的我仍不相信所發生的這一切，但另一部分的我又知道這是真的，也明白我現在是孑然一人，獨自面對獨裁的中國政府，它的軍隊，和它無神的懷疑論。

身後傳來直升機低沉的轟隆聲。我的心開始狂跳，但我只是保持警覺。開車的牧人似乎未注意到這個威脅，仍繼續往前開了三十分鐘，然後微笑地指著前方。隔著漫天雪花，仍可見在第一層山脈的一座山頂上，有著一棟大型石頭建築的深色輪廓。左側好幾道牆都已崩塌。寺院後聳立著好幾塊覆雪的巨石。儘管屋頂早已崩壞，仍可看出寺院原有三、四層樓高。我仔細地瞧了一會，看是否有人蹤或任何動靜，但什麼都沒看見。這座寺院似乎已荒廢許久。

貨車在離寺院大約五百呎的山腳下停住，老人往上指著這棟毀壞的建築。我遲疑著，望著紛飛的飄雪。他又朝上指了指，興奮地催促我。

我從後座拿起寅為我準備的背包，開始往山上走。氣溫逐步下降。我心裡暗自祈求，希望帶來的帳棚和睡袋能讓我免於凍死。可是，那些軍人又該如何對付？我看著貨車消失在視線範圍外。仔細聆聽，除了風聲，聽不到一絲聲響。

我四下張望，發現一道往山上去的石階，於是開始循著石階攀爬。大約過了兩百呎，我停下腳步，回頭往南望去。從這裡看過去，只見綿延數哩、一片白茫茫的山脈。

接近寺院時，我才知道這裡並非一處獨立的山頭，而是前方高山延伸而出的山崖。石階筆直地通往曾是大門的入口處，我小心翼翼地走進去。泥土地上，散布著一大顆一大顆的彩色石塊，在我面前的，是一條貫穿整棟建築的長廊。

我沿著長廊走過兩側好幾間門戶敞開的房間，最後來到一個比較大的房間，裡頭有個出口通往寺院後方。事實上，這個房間的後牆大半都已傾毀，更多石塊散落在外面地上，其中有些大小如桌子一般。

我瞥見毀壞的牆垣附近有走動的人影。我全身僵住。那是什麼？我戒慎恐懼地走到門口，四處張望。從門口到陡峭的岩石山面大約有一百呎。看來一個人影也沒有。

我繼續張望，眼角餘光又瞄到一個模糊的身影。這次它的位置比較遠，是在山面底部。我全身打起寒顫。這是怎麼一回事？我看到的是什麼？我考慮是否要抓起背包狂奔到山下，但最後決定不這麼做。我是很怕沒錯，但我的能量還是很強。

我隔著飄落的白雪盡可能專注地搜尋，並朝我認為有人影的峭壁前進。抵達後，什麼也沒看見。垂直的裂縫妝點著峭壁面，其中一條罅隙裂口非常大，乍看還以為是個狹小的洞口。仔細一看，這條裂縫深僅數呎，藏不住人，而且被雪填滿了。我四處尋找足跡，雖然雪深只十來吋，但地上除了我的腳印外，什麼也沒有。

雪愈下愈大，於是我走回寺院，發現房間有個角落，石頭屋簷仍完好無缺，可以遮風擋雪。覓得歇足處後，我登時覺得飢腸轆轆，於是拿出幾根紅蘿蔔來啃，並點燃小瓦斯爐的爐火，把寅放在我背袋裡的冷凍蔬菜湯包加熱。

烹煮的湯發出嘶嘶聲，我思索剛才發生的事。再過一小時天就要黑了，我還搞不清楚自己為何在這裡。我在背包裡四處找，沒看到手電筒。寅怎麼會連只手電筒都沒放呢？爐裡的瓦斯撐不了一整夜的。我得找些乾柴或犛牛糞來生火才行。

我開始神智不清了，我想。如果我必須整夜待在山上，在一片漆黑中，誰知道會發生什麼事？如果這些老舊的牆被風吹倒了怎麼辦？

這些念頭才剛浮現，寺院盡頭處就傳來東西崩落的聲響。我走到長廊，才剛抬頭，就看到一塊大石墜落地上。

「天啊，」我大叫：「我非離開這裡不可。」

我關掉爐火，拿了其他隨身物品，往後頭跑進飄揚的風雪中。沒多久，我就明白必須找個地方遮雪，於是又跑回峭壁那邊，希望能找到大得足以棲身的罅隙或遮蔽物。

我跑到峭壁前，想找個洞穴躲雪，卻徒然無功。這裡的縫隙都不夠深。風呼呼地咆哮著。有一瞬間，其中一塊石頭上的大片積雪掉下來，落到我腳邊。我抬頭看著上方山緣好幾噸重的積雪。如果這裡發生雪崩怎麼辦？我想像積雪滾落山坡的畫面。

同樣地，這個想法一出現，我就聽到右上方隆隆作響。我一把抓起行李，往寺院奔去。如雷巨響迴盪在空中，五十呎外，積雪浩蕩地滾落山坡。我拔腿奔回寺院，一度失足摔倒在雪堆裡。我驚嚇不已。這到底是怎麼回事？

正狐疑著的時候，我突然想到了寅，他說：「在這種能量層次時，你的期望會立刻應驗。你將受到考驗。」

我坐了起來。原來是這麼回事！這是考驗。我並未控制自己害怕的心象。我跑回寺院，躲在裡面。溫度遽降，我知道我必須冒險待在屋內。我放下行李，花幾分鐘時間想像那些石頭原封不動。

我冷得直打哆嗦。現在，我想我必須想點辦法驅除寒意。我想像自己坐在一堆溫暖的火邊。乾柴。必須找些乾柴來。

我往外走，察看其他地方。一到走廊，寒意就令我停下腳步。我聞到煙的味道，燒柴的煙味。現在又怎麼了？

我沿著走廊慢慢走，每個房間都探頭進去望一望，卻什麼也沒發現。到最後一個房間時，我先在門口凝視。角落處，營火正熊熊燃燒著，旁邊還堆了一把乾柴。

我走了進去，四下張望。這裡沒人。這個房間有出口通往外邊，屋頂相當完好。這裡暖和多了，可是這火是誰起的呢？我走到外頭空地，在雪地裡四下張望。還是一點蛛絲馬跡也沒有。我轉身往門口走去，就在這當口，朦朧中，我瞥見門邊站了一個身材高䠷的人影。我試著正視他，但卻得用眼角餘光才看得清楚。我認出他就是寅把我推出吉普車時，我在雪地裡看到的那個人。我再次嘗試把目光對著他，但他卻消失了。我毛骨悚然，渾身發冷。這裡發生的一切實在令我難以置信。

我小心翼翼地走出門口，往兩側張望。什麼也沒見著。我又想逃下山，遠離寺院，但我知道氣溫仍在銳減，如果真的走下山，可能半路就凍死了。唯一的選擇，就是把我的東西拿過來，待在火邊。於是，我去拿了行李，回到這裡，緊張地盯著每個角落。

一坐下，就有一陣風掃過火堆，吹得灰燼滿地都是。我盯著這堆火，看著火焰再度往上燃燒。之前我想像火，就出現了一堆火。可是，我的能場竟然強成這樣，實在是太離譜了。這只有一種解釋：有人在幫我。我看到的人影是空行母。

雖然這一切怪誕無比，但頓悟到這一點讓我鬆了口氣。我把一些柴丟進火堆，把湯熱好，然後解開睡袋。幾分鐘後，我躺在睡袋裡，沉沉睡去。

我一醒來，就慌亂地東張西望。火已熄滅，第一道晨曦也現出光芒。雪依舊似昨晚那般，下得很急。我是被吵醒的。但是，是被什麼吵醒的呢？

我聽到直升機規律的轟隆聲，聲音愈來愈大，而且正朝我飛來。我跳了起來，收拾好東西。幾秒鐘後，直升機就飛到我頭頂上。風迴旋著，捲颳得更急切。

頃刻間，寺院半邊一聲不響地開始往內崩塌，掀起一陣沙塵。我把行李丟著，一路摸索到後面的空地，向外奔跑。外頭仍狂風肆虐，雪與地面平行而飛。能見度只有幾碼，但我知道，如果繼續往這方向跑，很快就可以到達昨晚看到的山壁。

我奮力向前奔跑，直到看到岩石山壁。山壁就在前方大約五十呎外，但在黎明晨光中，我知道坡面看起來不應如此清晰，整座山彷彿正浸漬在柔和而淺淡的琥珀色裡，尤其是我之前看過的那一大片罅隙的其中一塊附近。

我看了好一會兒，心裡明白這代表著什麼，於是朝光線明亮處飛奔而去，此時身後的寺院崩毀愈烈。等我跑到峭壁那兒，直升機似乎就在我正上方。這座老舊寺院僅剩的建築也在我身後倒塌，震波搖撼著地面，抖落了離我最近的罅隙中的雪，有條狹小的通道露了出來。這好歹也算是個山洞吧！

我跌跌撞撞地穿過入口，頓時陷入伸手不見五指的黑暗中，只能摸索著往前行。我一路摸索到後頭的山壁，又發現了一個不到五呎高的通道。這條通道彎向右邊，我得用爬的前進，隱約見到前方閃著亮光。我更努力地往前爬。

有一度，我被一顆大石頭絆倒，頭撞到泥土和碎石地面，擦傷了手肘和手臂，但是，直升機漸行漸近的聲音催促著我前進。我不理會身上的疼痛，繼續朝光亮處前進。爬了數百呎後，雖可見到狹小的洞口，但離那裡似乎還是有一段距離。我又爬了將近一個鐘頭，一路摸索著朝前方微亮的光源處挨近。

終於，亮光似乎愈來愈近了。爬到離亮光不到十呎的距離時，我突然感受到一陣溫暖的氣流，空氣中也散發著之前在瑞格登喇嘛寺院裡聞過的芳香。遠方傳來悅耳的喧譁聲，在我體內迴響著，我感到溫暖而幸福。這就是瑞格登喇嘛提到過的呼喚嗎？香巴拉的呼喚？

我爬過最後一塊大石頭，在出口處呆住了。眼前是一幅難以置信的景象。我看到一大片田園幽谷，天空湛藍清朗。山谷後方是白雪覆蓋的綿延山峰。在耀眼的陽光照射下，一景一物美得驚人。氣溫仍低，但尚稱宜人，遍地可見碧綠青草。山坡在我面前緩緩朝山谷傾斜而下。

我走出洞口，順著山坡往下走。我感覺到此地的能量貫穿全身，注意力開始渙散。光線、顏色糾結在一起打轉，我整個人跪倒在地上，往山谷滑去，完全無法控制。我一直滾一直滾，宛如處在半夢半醒狀態，完全失去時間觀念。

進入香巴拉

我感覺有人在碰我，有人用手把我裹起來，將我抬到某個地方。我覺得安全，甚至感到幸福。一會兒之後，我又聞到那股甜甜的香味，只不過它現在是瀰漫不絕，盈滿了我的意識。

「試著張開眼睛。」有個女性的聲音說。

我努力集中注意力，漸漸看到一位女性的壯碩身影，大約有六呎半高。她將一個杯子遞到我面前。

「這裡，」她說：「把它喝了。」

我張開嘴，啜飲一口用馬鈴薯、洋蔥、和某種甜甘藍菜做成的湯，溫溫的，很好喝。喝湯時，我發現我的味覺變敏銳了。我可以精確地辨別出每一種味道。我喝掉大半杯，幾分鐘內就感覺神清氣爽，又可以專注看著身邊的一切。

我身在一棟房子，或類似房子的建築物內。氣溫很暖和，我躺在一個以某種藍綠色織品製成的躺椅上。地板是由光滑的褐色瓷磚鋪設而成，我周圍擺放了許多陶壺盆栽。然而，在我頭頂上的，是一片蔚藍的天空，以及幾棵大樹伸展出來的枝幹。這棟房子沒有屋頂或牆壁。

「你現在感覺好多了吧。不過，你必須呼吸。」這位婦女以流利的英語說道。

我看著她，有如著魔似的。她有著亞洲人的外貌，身穿色彩繽紛、手工刺繡的西藏正式禮服，腳上套著看似舒適而樣式簡單的拖鞋。從深邃的眼神和聲音所蘊含的智慧來判斷，她年約四十，但體態和動作看來卻年輕許多。她的身材穠纖合度，五官格外地大。

「你得呼吸才行，」她再次說道：「我認為你知道該怎麼做，否則你到不了這裡。」

我終於了解她的意思，於是開始吸納周遭的美景，觀想能量進入體內。

「這是哪裡？」我問。「是香巴拉嗎？」

她微笑表示肯定，我真不敢相信有人的臉這麼美，看起來微微發光。

「這裡是香巴拉的一部分，」她回答：「我們稱作香巴拉外圍。往北是聖殿所在。」

她告訴我她名叫阿妮（Ani）。我也做了番自我介紹，她打量著我。

「告訴我你是怎麼到這裡來的。」她說。

我雜亂無章地告訴她整件事的始末，簡短地敘述了我與娜塔莉及威爾的談話、十個覺悟、以及到西藏之後發生的一切，包括遇見寅和瑞格登喇嘛、聽到有關傳說的事，一直到發現入口。我甚至提到我看到的光亮，那顯然是空行母的傑作。

「你知道你為何會在這裡嗎？」她問。

我注視她好一會兒。「我只知道我是被威爾叫來的，也知道找到香巴拉是一件很重要的事。他們告訴我，這裡有人類需要的知識。」

她點點頭，移開目光，陷入沉思。

「妳英文說得真好，妳是怎麼學會的？」我問，又開始覺得虛弱。

她微笑道：「在這裡我們說許多種語言。」

「妳見過一位叫威爾森・詹姆士的人嗎？」

「沒有，」她說：「不過這個入口可以通到其他外圍地區。或許他也在，只不過在其他區域。」她走到擺放盆栽的地方，把其中一盆推向我。「你必須休息一會。試著從這些植物身上吸納些能量，在能場裡設定這些植物能量正進入體內，然後小睡片刻。」

我閉上眼睛，遵照她的指示做。幾分鐘內，我便沉沉睡去。

過了一會，一陣窸窣聲吵醒了我。那位婦女又站在我面前。她在躺椅邊緣坐了下來。

「那是什麼聲音？」我問。

「是從外面傳來的。」

「穿過玻璃嗎？」

「這並不是真的玻璃，而是一種看起來像玻璃的能場，是打不破的。外頭的文化尚未發明出這種東西。」

「這是怎麼做出來的？它是電子的嗎？」

「部分是，但我們必須用意念來啟動它。」

我望著屋外的風景。外面是起伏徐緩的丘陵和草地，從這裡一直延伸到平坦的谷壑，上頭散布著一些屋舍。有些房子有著清楚的外牆，例如阿妮的房子，另外有些則似乎是木造的，帶有獨特的西藏風格。這些房屋與這片田園景致極為調和。

「那邊那些結構比較不一樣的建築又是什麼呢？」我問。

「它們都是用力場建造出來的，」她說：「我們不再使用木頭或金屬，只用能場創造出我們想要的東西。」

我聽得入迷。「那內部設施，還有水電呢？」

「我們還是有水，但我們的水是直接從空氣中的水蒸氣取得的，而能場供應我們其他所需要的一切。」

我再次不可置信地看著外頭。「能不能告訴我這地方的事？這裡住了多少人？」

「好幾千人。香巴拉是個大地方。」

我聽得興味盎然，於是把腳從躺椅上抬起踏在地上，卻覺得頭暈腦脹，視線不明。

阿妮站起來，把手伸到躺椅後，遞給我一杯湯。

「把這湯喝了，並吸入植物的氣息。」她說。

我照著做，能量又恢復了。我吸入更多空氣，所有事物變得比之前更明亮、更美麗，包括阿妮。她的面容更亮眼，光芒由內散發出來，就像威爾從前顯現過的那樣。

「天啊！」我說，四處張望。

「在這裡，要提升能量比在外面社會容易許多，」她說：「因為這裡每個人都在互相傳送能量，設定一個文化層次更高的能場。」說到「文化層次更高」這幾個字時，她特別加重語氣，彷彿這幾個字帶有更深奧的含意。

我無法將視線從周遭環境中移開。所有事物的形貌——包括我身旁的盆栽、地磚的顏色，以及外頭青翠嫩綠的樹木——似乎都由內而外透著光亮。

「這一切太令人不敢相信了，」我結結巴巴地說：「我覺得自己好像是置身在科幻電影裡。」

她看著我，神情嚴肅。「許多科幻故事都具有預言性。你所看到的，只不過是進步的過程。我們和你們一樣，都是人類。我們進化的方式，也和你們這些外界文化中的人一樣。你們終究會以這種方式進化，只要你們不故意破壞自己。」

這時，一名年約十四歲的小男孩跑進來，有禮貌地向我點點頭，然後說：「畢瑪（Pema）又叫妳了。」

她回頭看著他。「好，我知道了。你能不能把我們的夾克拿來，另外再拿一件給我們的客人？」

我無法將視線從這位小男孩身上移開。他的舉止似乎比外表成熟許多，而且看起來很眼熟，使我想起某個人，但我卻一時想不起來是誰。

「你能和我們一起去嗎？」阿妮打斷我的注視，「去看一看，對你可能很重要。」

「我們要去哪裡？」我問。

「鄰居家。只是去察看一些事。她覺得自己幾天前懷孕了，希望我去幫她檢查一下。」

「妳是醫生嗎？」

「我們沒有所謂的醫生，因為我們沒有你們熟知的那些疾病。我們已經學會如何使自己的能量高於那個層次。我幫助人們照看自己，擴展能量，使能量保持在較高層次。」

「妳為什麼說去看一看對我很重要？」

「因為你剛好在這個時候來到這裡。」她看我的眼光，彷彿我問了個蠢題。「想必你一定知道同步性過程。」

小男孩回來了，阿妮告訴我他名叫塔西（Tashi）。他遞給我一件鮮藍色夾克，外觀就像一件普通的運動夾克，除了縫線之外。事實上，這件夾克根本就沒縫線，這幾塊布彷彿就這麼接在一起。讓人驚訝的是，這件夾克雖然摸起來像棉質，卻輕如羽翼。

「這些夾克是怎麼做出來的？」我問。

「他們是力場，」阿妮說著，便咻的一聲，和塔西一起穿越牆壁。我試著跟上他們，卻撞到一種像是耐熱玻璃的硬物，彈了回來。小男孩站在外邊笑。

咻的一聲，阿妮又進來了，也是笑咪咪的。

「很抱歉，」她說：「我應該先告訴你怎麼做的。你必須觀想這個力場為你而開。只要有這樣的念頭就行了。」

我對她投以懷疑的眼光。

「只要在腦子裡觀想牆打開，然後走過去就行了。」

我照著她描述的做，然後往前走。我真的看到力場打開，看起來就像是空間產生扭曲，就是那種豔陽高照時，可以在馬路上看到的熱流。咻的一聲，我穿過牆，到了外面的人行步道上。阿妮也隨後而至。

我甩甩頭。我是在哪裡？

我們跟著塔西走在一條蜿蜒的小徑上，這條路沿著山坡徐緩而下。我回頭望去，阿妮的房子幾乎完全被濃密的樹蔭遮住，然後，我注意到，在阿妮的房子附近，有個方形、黑色，看來像是金屬類的裝置，大小如大型旅行箱。

「那是什麼？」我問阿妮。

「那是我們的發電裝置，」她回答：「它幫我們調節室內溫度和設定力場。」

我滿頭霧水。「妳說『它幫你們』是什麼意思？」

我們繼續往下走，阿妮原本走在我前頭，但她慢下腳步，讓我走在她身邊。

「屋邊的發電裝置本身並無法創造出任何東西。它只是將你所知道的禱告能場強化到更高的層次，然後我們就能直接做出我們所需要的物品。」

我懷疑地看著她。

「有那麼不可思議嗎？」阿妮笑著說：「告訴你吧，這不過是進步而已。」

「我不知道，」我說：「在我試著到香巴拉來的這段時間，我想我從未仔細思考過這裡會是什麼樣子。我想，我以為這裡會有一群喇嘛高僧在冥想，沒想到這裡卻是個有科技的文明世界。真不可思議……」

「重要的不是科技。重要的是我們如何利用科技來建立精神力量。」

「什麼意思？」

「這沒有你想的那麼怪誕。我們只是發現了歷史的教訓。仔細審視人類歷史，你就會明白科技一直只是個前兆，它預示了人類心智所能成就的大業。想想看，從古到今，人類創造科技，為的是增強自己做事的能力，讓自己更舒適地活在世界上。起初科技只是裝食物的碗碟或掘土的工具，後來是更複雜的房舍和建築。為了創造這些事物，我們挖掘礦沙礦石，將這些材料雕塑成腦子裡想像的模樣。我們想更快捷地旅行，因此發明輪子，然後是各式各樣交通工具。我們想要飛行，所以製造了能讓我們翱翔天際的飛機。我們想更快速地與人溝通——遠距離的、任何時候——於是發明了線纜、電報、電話、無線收音機、還有電視，好讓我們看到發生在世界各地的事。」

她帶著詢問的眼神看著我。「看出這模式了嗎？人類之所以發明科技，是因為想把觸角伸展到各個層面，與更多人聯繫。我們心裡知道，我們有可能做到這些事。科技一向都只是踏腳石，幫我們做到自己所能做的，我們知道那是我們與生俱來的權利。科技真正的作用，是要幫助我們建立信心，讓我們相信能靠自己內在的力量做到這些事。」

她接著說：「因此，香巴拉從早期就開始發展科技，有意識地運用科技來為人類的心智發展服務。我們了解到禱告能場真正的潛力，因此重新調整科技的定位，用它來增強我們的能場。在外圍區這裡，我們仍使用這些增幅器，但不久後，我們將能關閉這些設備，用禱告能場製造出我們需要或想做的每樣東西。在聖殿那些人已經能做到了。」

我想多問她一些問題，但轉個彎，一條寬闊的溪流沿著山坡流到我們右邊。澎湃的水聲迴盪在前方。「那是什麼聲音？」我問。

「上面那裡有個瀑布，」她說：「你覺得需要去看看嗎？」

我不大明白她的意思。

「妳是說憑直覺嗎？」我問。

「當然是憑直覺，」她笑著回答：「我們是憑直覺生活的。」

塔西停下腳步，回頭看著我們。

阿妮回頭看他。「你去告訴畢瑪我們快到了，好嗎？」

他微微一笑，繼續往前跑。

我們爬過右邊岩石遍布的山坡，逐漸接近那條溪流。我們推擠著走過一片茂密的小樹林，最後到了水邊。這條河寬二十五呎，水流湍急。左邊，隔著縱橫交錯的枝幹，隱約可見溪水流過一大片岩面。阿妮示意我跟著她走。我們沿著溪流步下好幾個石階，最後到了瀑布正下方。從這裡，我們看到五十呎高的瀑布流瀉到下方的一座大水池裡。

我注意到附近有動靜，因此走到石頭邊，往下眺望。眼前的景象令我大吃一驚。隔著水霧和水花，在水池盡頭，我看到兩個人面對面朝對方走去，兩人身邊都環繞著一圈柔和、微粉紅的白色光芒。光圈雖不亮，卻非常稠密，尤其是肩膀和臀部附近。我努力想看清這兩人的輪廓，等看清楚時，我才發現他們是赤身露體的。

「原來你是帶我到這兒來看這個的啊？」阿妮開心地說。

我直愣愣地看著眼前的景象。我知道我看到的是一男一女的能場。他們逐漸走近，擁抱在一起，能場也合而為一。最後，我慢慢看到一道光芒在那女人腹部形成。幾分鐘後，兩人分開，女方摸摸她的腹部。那一小束光芒逐漸變亮，兩人又再次擁抱，好像在交談，但除了潺潺水聲，我什麼也聽不見。就在一瞬間，兩人便消失得無影無蹤。

我這才明白，他們剛才是在做愛。我覺得很尷尬。

「那兩個人是誰？」我問。

「我認不出來，」阿妮回答：「但他們也是從這一區來的。」

「看樣子他們似乎懷了個孩子，」我說：「妳認為他們本來就是要這麼做的嗎？」

她格格笑了出來。「這裡又不是外面的文化。他們當然是刻意要懷孕的。到了這種能量和直覺層次，把一個靈魂帶進這個世界是一種非常刻意的過程。」

「他們怎麼就那樣消失了？」

「他們是透過一種傳導能場（travel field），在腦海中將自己投射到這裡來。我們藉增幅器之助做到這點。我們發現，傳送電視影像的電磁場，也能用來銜接我們所在的空間和某個遙遠的地方。這麼做的時候，我們能夠看到我們想去的地方，也能利用已增強的禱告能場，實際走到那裡去。外界文化的蟲洞❺理論家目前正致力研究這種理論，不過

❺物理學家於一九三〇代開始推論黑洞結構存在，此即為蟲洞（worm hole）理論；蟲洞指的是連結兩個不同時間或空間的通道。

他們尚未完全了解這種理論最後將帶來何種改變。」

我看著她，試圖吸收這個新資訊。

「你看起來一臉茫然。」她說。

我點點頭，努力擠出一絲微笑。

「來吧，到畢瑪家我再解釋給你聽。」

到了畢瑪家，我發現畢瑪的房子和阿妮家一樣，只不過它是蓋在山坡上，家具也不一樣。我還注意到外頭也放了台一模一樣的黑盒子。我們像之前一樣穿過一道力場，進入屋內。迎接我們的，是塔西和另一位女士，她自我介紹說是畢瑪。

畢瑪比阿妮高，身材較為纖瘦，有著長而黑亮的秀髮。她只穿著一件白色連身洋裝，面帶微笑，但我察覺到有事不對勁。她要求與阿妮獨處，兩人走進另一個房間，我則和塔西留在客廳裡。

我正要開口問塔西怎麼回事，卻感覺到身後傳來一股電流。我看到空氣中出現一道扭曲的波紋開口，就像之前在阿妮家看到的那樣，只不過這次開口是出現在客廳中央。我眨眨眼，試圖弄清楚發生了什麼事。我專注地看，從開口中看到一個栽種小型植物的田園，彷彿它是一扇窗戶似的。更令我驚訝的是，有個男人穿過開口走進屋裡來。

塔西站起來介紹我們認識。這個男人名叫多吉（Dorjee）。他禮貌地對我點頭，並詢問畢瑪的去處。塔西指向臥房。

「剛才是怎麼一回事？」我問塔西。

他微笑地看著我。「畢瑪的丈夫從農場回來了。在外面的文化裡，你沒有人做得到這件事嗎？」

我簡短地告訴他一些關於瑜伽士的傳說，據說他們可以將自己投射到很遠的地方。「不過我從未親眼目睹這種事，」我一邊試著恢復鎮定，一邊說：「這究竟是怎麼辦到的？」

「我們觀想自己想去的地方，增幅器就會在我們面前幫我們開一扇可以到那個地方的窗口，同時增幅器也在反方向開一道開口，所以我們在他回來之前就可以看到他身在何方。」

「增幅器就是外面那個黑盒子囉？」

「正確。」

「你們每個人都能這樣做嗎？」

「是的，而且我們的天命是要不藉助增幅器就能做到。」

他停下來盯著我瞧，然後問：「你能不能告訴我，你們那個外面世界的文化，是什麼樣子的？」

我還沒來得及開口，就聽到臥室裡傳來「又發生了」的聲音。

塔西和我面面相覷。

幾分鐘後，阿妮帶著畢瑪和她先生走出臥房，三人到了客廳，在我和塔西身旁坐下。

「我十分確定我懷孕了，」畢瑪說：「在那一剎那，我看到了那個能量，也感覺到它，然後，不到幾分鐘，它又消失了。一定是變遷（transition）的關係。」

塔西專注地看著她，一副出神的樣子。

「妳認為發生了什麼事？」我問。

「我們感應到，」阿妮說：「這是某種平行懷孕，這個孩子到另一個地方去了。」

多吉和畢瑪對望了好一會兒。「我們會再試試看，」多吉說：「這種事在同一個家庭裡幾乎不會發生兩次。」

「我們得走了。」阿妮站起來擁抱多吉和畢瑪。塔西和我跟著她，穿越力場到了屋外。

我仍處於驚訝、茫然的狀態。這裡的文化從某些方面來說似乎平淡無奇，但另一方面卻又古怪離奇。我試著想通這一切。阿妮帶著我和塔西走了十餘碼之後，到了一片懸崖邊，下方是綿延千里的綠色谷壑。

「西藏怎麼會有這麼一大片氣候溫暖的地方？」我脫口問道。

阿妮笑著回答：「這裡的溫度是我們用能場控制的，對那些能量比較弱的人來說，我們是隱形人。雖然傳說提到，當變遷即將來臨時，這種情況將有所轉變。」

我嚇了一跳。

「你也知道傳說的事？」我問。

阿妮點點頭。「當然。香巴拉是最早保存這些傳說的地方，也保留了許多亙古以來的預言。我們幫著將心靈資訊帶進外面的文化。在你們開始找我們之前，我們就知道你們早晚會找到這裡來的。」

「妳是說我嗎？」我問。

「不，我是指任何來自外界文化的人。我們知道，當你們提升了自己的能量與覺識時，就會開始把香巴拉當一回事，有些人就能到這裡來。傳說曾提到這點。在香巴拉發生轉變或變遷的時刻，來自外界文化的人將陸續抵達。不只是偶然造訪這裡的那些東方高人——總會有人不時發現我們——西方人也是一樣，他們將獲得幫助，到這裡來。」

「妳說傳說預言了香巴拉的變遷。那是怎麼一回事？」

「傳說提到，當外面的文化開始了解如何延伸人類的禱告能場——包括如何連接神聖能量、用愛讓它流貫全身，如何把能場設定在能引發同步性過程、提升他人能量的狀態，以及如何保持出離的態度，維持這種強烈的能場——然後，我們在香巴拉這裡所做的事，便會為外界所知。」

「妳指的是第四個延伸的其餘內容嗎？」

她饒富深意地看著我。「沒錯，那就是你到這裡來的目的。」

「妳能告訴我那些內容嗎？」

她搖搖頭。「必須一步一步來。你必須先了解人類前進的方向，但不是用腦力，而是用眼去看，用心去感覺。香巴拉就是未來的範例。」

我看著她，點點頭。

「現在是世人知道人類能做到什麼地步、能進化到什麼境界的時候了。一旦你徹底掌握這一點，就能使能場更大、更強。」

她搖搖頭，說：「不過，你要明白，關於第四個延伸，我並沒有全部的資訊。我能帶你學習接下來的幾個步驟，但其他的訊息，就只有聖殿那些人才清楚了。」

「聖殿是個什麼樣的地方？」我問。

「它們是香巴拉的心臟，你們所說的祕境。香巴拉真正的任務就是在那裡完成的。」

「聖殿在什麼地方？」

她伸手指著北方。在這座山谷對面遠處，有一群樣貌奇特、成圓弧狀排列的山脈。

「就在那兒，過那些山頭就到了，」她說。

我和阿妮交談的時候，塔西安安靜靜、一字一句地聽著。阿妮看著他，將他的頭髮往後撥。「我的直覺是，現在應該是塔西被召喚到聖殿的時候了……但他似乎對你們的世界比較感興趣。」

我自睡夢中驚醒，滿身大汗。我夢到我和塔西，還有某個人，一起穿越聖殿，就快了解第四項延伸的全部意涵了。我們置身一群迷宮般的石頭建築物當中，其中的建築大多是紅褐色，遠方有一棟看起來帶有藍色光澤的廟宇。一個穿著醒目西藏服飾的人站在外頭。夢裡的我開始奔跑，逃離我之前見過幾次的那位中國軍官。他追著我，跑過聖殿。聖殿遭到毀滅。我恨他所做的一切。

我坐起來，試著集中注意力，幾乎不記得自己是怎麼回到阿妮家的。此刻我在她家的一間寢室裡，時間已經是清晨了。塔西坐在床前的一張大椅子上盯著我瞧。

我深吸一口氣，試著冷靜下來。

「怎麼了？」他問。

「沒事，只是作了一個惡夢。」我說。

「你能不能講外面文化的事給我聽？」

「你難道不能像穿過一扇窗戶或蟲洞——不管你們怎麼稱呼那東西——自己到我們的世界去看看嗎？」

他搖搖頭。「不可能的，聖殿裡的那些人也做不到。我祖母曾感應到這是可以做到的，但卻沒人成功過，因為這兩個地方的能量層次不同。聖殿裡的人可以看到發生在外界文化中的事，但這已經是極限了。」

「你母親對外界的事似乎知道不少。」

「我們的資訊是從住在聖殿裡的人那兒得來的。他們常回來，尤其是當他們感測到有人準備好要加入他們的時候。」

「加入他們？」

「幾乎每個在這裡的人都渴望在聖殿裡擁有一席之地。那是莫大的榮耀，也是可以影響外面文化的機會。」

他說話的聲音和成熟度，讓我覺得有如三十歲的成年人。雖然他身材魁梧，但那副稚嫩的十四歲容貌仍讓我覺得格格不入。

「那你呢？」我問：「你也想到聖殿去囉？」

他面露微笑，朝另一個房間看去，似乎不想讓他母親聽到他要說的話。

「不，我一直都想到外面的文化去。你可以告訴我那邊的事嗎？」

接下來半小時，我知無不盡地告訴他這世界當前的狀況——多數人的生活方式和飲食，為世界民主所做的努力、金錢給政府帶來腐敗的影響，以及環境汙染等問題。塔西不但不感到驚駭、失望，反而興致盎然地全盤接收。

就在這時，阿妮走進房間，察覺到這裡正進行一場重要的談話，於是停下腳步。沒人開口說話，我又倒回床上。

她上下打量我。

「我們必須給你更多的能量，」她說：「跟我來。」

我整裝完畢，在客廳與她碰面，然後跟著她到外面繞到屋後。這裡的樹都長得非常高大，樹與樹之間相隔約三十呎。橫臥其間的是一片葉片粗硬的草地，很像洋蘇草，另外還有許多像大文竹的植物。阿妮催促我活動身體，於是我試著做之前寅教我的動作。

「現在，」我做完這些動作時，阿妮說：「坐這兒，提升你的能量。」

她在我身旁坐下，我開始深呼吸，將注意力放在周遭的美景上，觀想外界的能量進入我體內。和以前一樣，周遭景致的顏色與形貌開始鮮明起來。

我回頭望著阿妮，在她臉上，我看到深邃智慧的表情。

「好多了，」她說：「昨天我們拜訪畢瑪的時候，你的精神不是很好。你還記得昨天的事嗎？」

「當然，」我回答：「大部分都記得。」

「你記得當她以為自己懷孕的時候，發生了什麼事嗎？」

「記得。」

「她一度像是懷孕了，但是孩子卻消失了。」

「妳認為發生了什麼事呢？」我問。

「沒人知道。這種胎兒消失的情況已經持續一段時間了。事實上，最早出現這種情形的人是我，那是在十四年前。那時候，我很確定我懷了雙胞胎，一男一女，但其中一個卻在頃刻間消失。後來我生下了塔西，但我一直覺得他的同胞姊妹還活著。打那時起，這裡的夫妻就不時出現這種經驗。她們很確定自己懷孕了，然後，剎那間，她們卻發現自己的子宮是空的。這些人都還會再懷孕，但她們卻永遠忘不了之前發生的事。十四年來，這種現象在香巴拉規律地出現。」

她停頓一下，說：「這跟變遷有關，也許和你出現在這裡也有關係。」

我移開視線。「我不知道。」

「你什麼直覺也沒有嗎？」

我思考一分鐘，然後想起那場夢來。我本來打算告訴阿妮，但我無法確定那場夢的意義，因此三緘其口。

「不算有什麼直覺，」我說：「只有滿腦子的疑惑。」

她點頭，等我開口。

「這裡的經濟是如何運作的？大部分的人是如何消磨時間呢？」

「我們已經進化到不再使用金錢，」阿妮解釋道：「我們不像外面的文化需要製造或興建物品。好幾萬年前，我們就和你們一樣，也是來自於需要製造所需物品的文化。但如同我告訴過你的，我們漸漸了解到，科技的真正使命，是要用來發展我們的心智和心靈能力。」

我摸摸身上夾克柔軟的衣袖。「妳是說，你們所擁有的每一樣東西，都是一種創造出來的能場？」

「沒錯。」

「是什麼讓能場聚在一起呢？」

「這些能場一旦被創造出來，只要不受負面因素干擾，就能一直保持下去。」

「那食物呢？」

「食物也能用同樣的方式創造出來，不過，我們發現，食物最好是由人用一種自然的過程栽種。食用性的植物會回應我們的能量，並將能量回傳給我們。當然，我們已不再需要大量食物來維持能量振動。聖殿裡的人幾乎是不吃東西的。」

「那電力呢？那些增幅器是怎麼啟動的？」

「能量是免費的。很久以前，我們發現了一種設備，它所利用的過程，也就是你們所說的冷融合。它為我們的文化製造免費的能量，使我們不需要再破壞環境，也使我們能將大量生產的過程自動化。慢慢的，我們將時間都用來探索心靈，察覺同步事件，以及發現與自己生存有關的新真理，將這些資訊提供給其他人。」

她說這些話時，我領悟到她正在描繪人類的未來，這些訊息我已從第九和第十項覺悟中獲知。

「當我們在香巴拉這裡發展靈性時，」她繼續說：「我們開始了解，**人類生存在這個星球上的目的，是要發展出一個各方面都屬於靈性的文化**。然後，我們領悟到在我們內心，有一份更強大的力量能幫我們完成所需完成的事項。我們學到了禱告延伸，並用禱告延伸進一步發展科技，以增強這種創造性力量，這我之前已解釋過。到了這時，我們完全生活在自然界中，唯一保留下來的科技，就是這些幫助我們用思想創造其他所需事物的設備。」

「這些進化全都是在這裡發生的嗎？」我問。

「並非如此，」她說：「香巴拉已經遷移過好幾次了。」

她的回答不知怎地令我感到震驚，於是我進一步詢問她。

「喔，沒錯，」她解釋道：「我們的傳說歷時久遠，源頭眾多。所有關於亞特蘭提斯島（Atlantis）的神話，以及印度須彌山（Meru）的傳說，都源自過去曾真正存在過的古老文明，那時，香巴拉早期的進化也逐漸開始。發展科技是最艱難的一步，因為如果要完全讓科技為發展心靈所用，則每個人都必須進化到把了解心靈看得比金錢或權力更重要的境地。這段過程花了不少時間，因為有些人困在恐懼當中，他們的自我來操控人類進化的過程，因此常想將科技用在負面用途上，去控制他人。在許多早期文明中，也有一些控制者試圖改變增幅器的用途，想用增幅器去監控並控制其他人的思想。這種企圖引發了許多次戰爭和大毀滅，使得人類必須從頭來過，重新開始。」

然後她說：「現在外面的文明正面臨這樣的問題。有人想用監視、嵌入晶片和腦波掃描，來控制所有的人。」

「那些古老文化所創造的工藝品呢？為什麼幾乎一件都找不到？」

「大陸板塊遷移和冰河掩埋了許多東西，而一旦文化進展到以心智來創造物質產品的境界，只要有任何差池，有負面波流使能量下降，則一切就都消失了。」

我深吸一口氣，聳聳肩。她說的每件事都是那麼合情合理，卻又怪異突兀。認為人類文明是朝著一種靈性未來而進化是一回事；實際置身於這種未來境界的文化當中又是另一回事。

阿妮挨近我。「記得，我們至今所做的，是人類進化的自然過程。我們超越了你們，但也因為我們做到了這些事，外界的你們若想做到，可能會更容易。」

她停頓一下，我露齒而笑。

「你的能量現在看起來好多了。」她說。

「我覺得現在是我警覺度最高的時候。」

她點點頭。「我之前說過，香巴拉這裡的人都維持在這種能量層次。這是有感染力的。這裡有許多人知道該如何帶給自己能量，並把能量向外投射到其他人身上，造成一種加乘效果，每個人都吸收了從其他人身上接收到的禱告能量，再將這種能量傳送到其他人身上。你明白這種能量是如何擴張的嗎？同一文化中的人所抱持的假設和期望匯聚在一起，創造出一個大型的文化禱告能場。」

她接著說：「一個文化所能到達的層次，幾乎完全取決於其成員的意識程度：首先是一般人對禱告能場的存在知道多少；其次是他們如何有意識地擴展這種能場。當他們練習擴展能場時，他們的能量水準便向上飆升。如果外面文化的每個人都知道如何吸收能量、釋放能量，並將擴展禱告能量視為第一要務，你們就能達到我們在香巴拉這裡的能量層次！」

她彈了一下手指表示強調，然後說：「這就是我們在聖殿那裡所做的事。我們擴展自己的禱告能量，去提高外面文化的人的覺知程度。我們已經進行好幾千年了。」

我思考她說的話，然後問道：「能否告訴我妳對第四個延伸的了解？」

「你知道，必須一步一步來，」她回答：「有人在幫你，但是，之前為了到這裡來，你必須知道前三個延伸以及第四延伸的一部分。現在你必須停下來，了解這些延伸究竟是如何運作的。完成一個延伸時，能量就會向外擴張，變得更強。這是因為，當你向外發送自己的能量，帶來同步經驗，並提升他人能量時，或是當你用出離的態度和堅定的信心穩住這份能量時，你就是在發揚神聖計畫。你的動作和思想愈能與神協調一致，你的力量就變得更強。明白嗎？這是一種內建式的安全裝置，想必你一定看過。神不會啟動你內在的力量，除非你和宇宙的意旨齊肩並進。」

她伸手碰了碰我的肩膀。「所以，你現在必須做的，是更了解人類該往哪個方向前進，以及人類整體文化必須如何進化。是時候了。這就是你和其他人終能見到香巴拉，並了解香巴拉的原因。這就是第四個延伸的下個步驟。你必須真正了解人類未來的天命。你已經了解我們是如何掌握科技，用科技來發展內在心靈的。體驗到這一點，你就能更進一步地延伸能量，因為你已能將這種期望設定在自己的禱告能場中。」

她接著說：「了解這是如何運作的非常重要。你已經知道在這世界上走動時該如何讓能場先你而行，也知道該如何設定能場以增強自己和其他人的能量，以及同步事件發生的機率。你還能更進一步地擴展能場；當你觀想自己的能場把身邊每個人的能量都提升到更高的直覺層次，並且明白更高層的直覺將把你們帶向一個理想的心靈文化，就像你在香巴拉這裡所看到的。這時候，你就能幫助其他人明白他們自己在這場進化中所扮演的角色。」

我點點頭，渴望獲得更多資訊。

「別太急，」她提醒我：「你還未完全了解我們這裡的生活方式。我們不只掌握了科技，也重新建構了我們的世界，將所有注意力集中在心靈進化……生存的奧祕……以及生命過程本身。」

生命的過程

我走在阿妮和塔西家後方的人行小徑上，轉進左邊的岔路後，往前跨越大小石頭和重重樹木，走了將近一哩遠。稍早阿妮突然結束談話，說她必須做些準備，至於準備些什麼，她稍後會告訴我，因此我決定獨自一人散步。

我凝望著翠綠的樹葉，滿腔疑竇。阿妮說，我需要看看香巴拉是如何示範一種專注於生命過程的文化。這是什麼意思？思索這問題的當兒，我注意到有個人迎面走來。他年齡稍長，約五十來歲，走路時步履輕盈。走到我面前時，他與我四目交接了一會兒，便繼續往前走。我從眼角餘光看到他轉過身來看了我一下。

我往前走了一會，對自己未停下來與他攀談感到不滿。我回頭朝那人走的方向前進，希望能趕上他。他就在前方，但轉了個彎便消失了。等我也走到那個彎時，卻完全不見他的蹤影。我雖然失望，但還是走回阿妮住處，沒多想這件事。

阿妮拿著一些牛仔褲和一件T恤在門口迎接我。

「你會需要這些東西，」她說。

「我猜猜看，」我說：「這些東西是妳用妳的能場做出來的。」

她點頭。「你開始了解我們囉。」

我在一張椅子上坐下，看著她。我一點也不覺得我了解他們。

「塔西的爸爸回來了。」她說。

「在哪裡？」我問。

「在裡面，和塔西一塊兒。」她把頭斜向一間臥室。

「他從哪裡回來？」

「他在聖殿那兒待了好一陣子了。」

我倏地站起身。「他才剛到嗎？」

「是的，就在你回來之前。」

「我想我剛才在路上與他擦肩而過。」

阿妮頓了頓，說：「我想他是到這裡來替我們做準備的。」

「為什麼而準備？」

「為這次的變遷。他認為香巴拉遷移的時刻快到了。」

我打算問她更多問題，卻注意到她移開視線，一副陷入沉思的模樣。

「你說你在路上見到塔西的父親？」她問。

我點頭。

「那麼，他捎來的訊息，對你一定也很重要。在這裡我們必須非常注意過程。」

她充滿期待地看著我。

「妳提到生命的過程，」我問：「妳能否明明白白告訴我，香巴拉的人所了解的生命過程是什麼樣子的？」

她點頭。「我們來大體了解一下，一個社會開始提升它的禱告能量層次之後，將能如何演進。首先發生的，是創造科技的那些人將開始讓科技變得更有效率、更自動化，如此一來，社會所需的物質產品，就可逐步交由自動機械來生產。這種情形已經發生在外界文化的每一種產業中，這是一種正面的發展，儘管有其危險之處。因為這可能使權力集中在少數人或少數企業手裡，除非我們刻意將權力分散。此外，這種情形還可能造成失業問題，使得許多人必須調整自己的謀生方式。不過，以上問題會得到紓解，因為在物質生產自動化的當口，整體經濟會開始轉向資訊與服務經濟——也就是在恰當的時候，為他人提供正確的資訊——這使得每個人的直覺都必須變得更強，警覺性更高，並專注於同步性知覺，而且把這當作一種生活方式。」

她接著說：「當心靈知識增長，大家開始察覺到自己能透過禱告能場取得創造力時，科技就會再往前跨一步。此時，人們會發展出思想波增幅器，如此一來，大家就能用精神力量創造出自己需要的每樣東西。等這種情形出現時，整個文化就能自由而徹底地專注在心靈事務上，或我們所說的生命過程本身。這就是我們香巴拉目前的情況，也是其他人類文化注定要隨之而至的境界。我們整個社會是朝向更浩大的靈性實相邁進。到了某個時刻，每個文化都必須真正領悟到，我們是靈體。我們的肉身，只不過是以某種特定頻率振動的原子。當我們增加與心靈的聯繫、增強禱告力量時，這種振動也將提升。」

她繼續說：「在香巴拉這裡，我們都了解這個事實，也明白我們從純心靈的境界降落到這裡，是為了完成某件事。我們身負重責大任到這裡來，要帶領整個世界進入心靈完全覺醒的境界，一代接著一代，而且盡可能有意識地這麼做。這就是為什麼我們是打從一開始——事實上，在出生之前就開始——完全參與這種生命過程。」

她看著我，確定我是否了解，然後說：「在小孩誕生之前，母親、父親及未出世的小孩之間，一直存在著一種直覺關係。」

「哪種關係？」我問。

她面露微笑。「這裡每個人都知道，在受孕之前，靈魂會開始與父母取得聯繫，讓父母知道他們的存在，尤其是母親。孩子必須確定，這位可能成為他母親的人，是否為正確人選，這是確定過程的一部分。」

我驚訝地看著她。

「外面的文化已經出現這種情形了，」阿妮解釋道：「只不過大家到現在才開始談論它，才開始發展自己的覺知。你去問任何一群母親，看看她們會怎麼說。同樣的直覺也出現在婚配過程中，如果你仔細思考的話。在人類學習有意識地尋找伴侶的同時，最主要的度量工具是激情，但激情並非唯一的要素。我們也會有直覺，知道和這個人在一起的生活將是如何。我們會評估——無論是否完全意識到自己正在這麼做——和這個人在一起的生活方式，是否比我們獨自成長時的方式與態度更為進步。」

阿妮又說：「你明白我說的話嗎？從進化的角度來看，選擇正確的伴侶非常重要。心靈進化時，人類注定要有意識地婚配以建立家園或家庭樣態，這代表一種比前一代人更真實的生活方式。我們憑直覺知道，我們所建立的生活，必須比我們降臨到這世界時的生活更富智慧。你明白這過程了嗎？然後，當我們接收到與即將誕生的小孩有關的直覺時，通常會產生一些疑問：這個小孩為什麼想誕生在我們家？這個小孩長大後會想做什麼？這個孩子將如何從我們身上出發，擴展他對人的理解？」

「等等，」我說：「我們假設自己知道孩子長大後要做什麼，這不是要很小心嗎？如果我們假設錯誤，反而是試著將孩子侷限在對他並非最好的環境中，那又該怎麼辦？我媽媽以為我長大後會在鄉下傳道，但這並不正確。」

「沒錯，當然，這些只是直覺而已。現實狀況只會接近我們所想，絕無法一模一樣。幾世紀以來，大家忙著安排婚姻，強迫孩子從事父母選擇的職業。但你看不出來嗎？這是對真正直覺的誤用。我們可以從前人的錯誤中學習。我們並不知道孩子最後會做什麼，也不該完全控制他們。我們只是接收直覺，也就是他們將如何支配自己生活的概略意象。不過，我敢說，你母親對你的直覺不至於錯得很離譜。」

我笑了。沒錯，她說對了。

「所以你可以看出這一切導向何處。我們知道父母親會感應到這孩子將如何利用他在他們身上發現的智慧，父母依此直覺進一步發揮，同時這未出世的靈魂也在做同樣的事，它從前世（pre-life）憧憬中了解自己要完成的使命。接下來就是懷孕過程了。」

她看了我一會兒。「你還記得我們在瀑布那兒看到的那對夫婦嗎？」

「記得啊。」

「你對那件事有何想法？」

「那似乎是非常刻意的一件事。」

「沒錯，是很刻意。夫婦倆一旦決定要嘗試懷孕，把他們感應到的靈魂帶到人世上，這種生理行為其實是一種能場融合的過程，透過一種非常真實的高潮方式，開啟往天堂的通道，讓靈魂進入。」

我想起在瀑布那裡看到的景象。那對夫妻的能量融合在一起，然後一股新的能量開始成長。

「現在外界文化是用科學唯物論的角度思考，」她繼續說：「性結合被貶低成生物過程，只是一種生理行為。但在這裡，我們知道真正結合的是心靈能量。兩人讓彼此的能場合而為一，小孩則是能量結合後的產物。」

她接著說：「再說，科學寧可把懷孕想成是一種基因的隨機結合。在試管中膚淺地研究，看起來當然會是這樣子。但事實上，父母的基因結合在一起製造出的孩子，他的個性特質，會與三人最好的命運同步。明白嗎？小孩從身前世的憧憬了解他的天命，而基因以一種精確的方式組合在一起，賦予小孩完成其憧憬所需的性向與才能。外界文化的科學家最後將發現確認這個過程的方法。這也說明為什麼科學家和醫生們重組基因是一種非常危險的行為。為了對抗疾病而重組基因是一回事；但為了提高智商或天賦，或因有所偏好而重組基因，可能導致毀滅性的結果。這種行為曾導致某些早期文明滅亡。」

「重點是，」她總結道：「在香巴拉這裡，我們對懷孕過程非常慎重。最理想的形式是父母的直覺與小孩的直覺共同努力，替這孩子做好完成他人生使命最好的準備。」

她說的話，又讓我想到香巴拉這裡的胎兒消失事件。

「妳認為這裡發生的胎兒消失事件是怎麼一回事？」我問。

她聳聳肩，眼光掃過塔西緊閉的房門。「不知道，也許塔西的爸爸能告訴我們答案。」

我又想到另一個問題，於是開口問道：「我不明白哪些人會到聖殿去，哪些人又會留在香巴拉外圍？」

她笑道：「我想這是相當令人困惑的一件事。我們的文化由兩種人所組成：傳道的人，以及被召喚到聖殿去的人。不過，許多在聖殿的人每隔幾天就會回來一次，以維繫他們的人際關係，尤其是如果他們有子女的話。這種情況隨時可能改變，全看直覺如何指引。在聖殿工作的人可能回來教導其他人，原本在傳道的人也可能到聖殿去。這種事的彈性很大，而且是同步的。」

她暫停一會，我點頭示意她繼續。

「生命過程的下一步，是幫助孩子覺醒。記住，我們每個人對於自己到人世來走一遭的目的，以及之前計畫要如何運用自己的生命，並不是記得十分清楚，因此大人必須讓小孩知道他出生前後的歷史淵源。重要的是，要告訴孩子生命的前因後果，這樣他才能知道在他降臨人世前發生過什麼事，以及他自己的定位。這些脈絡包括家庭裡每個人的歷史，而且要回溯至好幾代前。我們把這些資料保存在一種類似錄影帶的紀錄器中，只不過這種紀錄器是透過電子的方式儲存資料。」

她接著說：「以塔西為例好了，他能看到七代之前的親戚告訴他有關他們生活的故事：他們有哪些夢想，哪些實現了、哪些未能成真，而在臨終前，他們會告訴他，如果能重來一遍，他們會有哪些不同的作法。這些從親戚口中聽到的資訊，對年輕人來說非常重要。這些資訊使得下一輩的人能從前人的錯誤中學習，也從前人的智慧中累積智慧，進而規劃自己的人生路程。塔西已經從許多祖先身上學到不少，雖然他最喜歡的親戚還是他祖母。」

我甚感驚訝。「記錄親戚的言行真是了不起的想法。我懷疑為什麼我們那個世界的人沒花時間去做這件事。」

「你們沒花這個時間，是因為要一直拖到臨終前才肯談論死亡，但那時已經太遲了。外頭文化的生活仍太過專注於物質，不重視生命過程本身。隨著時間流逝，等外界文化開始維持住它們的振動頻率，並學習到禱告延伸之後，就會更重視生命過程。目前你們仍將生命貶低為平凡、世俗的，但事實上，**生命是一種充滿奧祕與信息的過程**。」

她看著我，彷佛最後一句話背後隱含著更深的意義。

「你自己也必須克服這種傾向，並持續專注於發生在你身上事件的過程。你是在香巴拉即將遷移的時刻來到這裡。塔西的爸爸也在這裡，你可以和塔西討論他的未來及聖殿裡的情況。不過，塔西直覺上並不認為他將到聖殿去，相反的，他想進入你們的世界。在這當口，你出現了。這一切都是有意義的。」

就在這時，我們兩人都聽到了遠方傳來模糊的轟隆聲，彷彿是要為這段談話劃下句點。但這聲音很快就消失了。

她滿臉不解的神色。「我從未聽過這種聲音。」

我打了個冷顫。「我想那可能是直升機的聲音，」我說。

我又想告訴她我所做的夢，但我還沒來得及開口，她又繼續說下去。

「我們必須快一點，」她說：「你必須知道我們是誰，並了解我們創造出來的文化。我們剛談到年輕人了解歷史淵源的重要性。這種歷史，香巴拉外圍的人在年紀很小的時候就知道了——在他們覺悟到自己的靈性，察覺到自己來這裡的目的時。」

她豎起一根手指。「這裡的每個人都很清楚，人類的世界是一代一代進化的。某一代建立了某種生活方式，也面臨了某些挑戰。接著下一代出現，擴展了上一代的世界觀。不幸的是，在外界文化中，這種進化才剛開始受到重視。較常發生的情形是，父母親想要孩子成為他們的翻版，要孩子每件事的看法都和他們一樣。就某方面而言，這種渴望是很自然的，因為我們都想要自己的子女去強化我們所做過的抉擇。」

她又說：「不過，這種過程常常變得充滿敵意。父母批評子女的興趣，子女也批評父母過時的方式。某種程度上，這也是整個過程的一部分——子女看著父母的生活，心想：大體而言，他們的生活我還滿喜歡的，但我想做點不同的事。所有的子女都能感受到父母的生活方式有所缺失，畢竟，這個體系就是這樣：我們選擇自己的父母，有部分是為了要讓自己領悟到所缺失的是什麼，以及在人類的理解中還須添加些什麼。我們對自己與父母的生活感到不滿意，於是開始了整個過程。但是，這一切並不一定要充滿敵意。一旦我們知道了生命的過程，我們就能有意識地參與。父母可以接受子女的批評，也可以支持子女的夢想。當然，要這麼做，父母就必須拓展自己的思想方式，跟著子女一同進化，這可能會有點困難。」

我曾聽過這種說法。阿妮現在反常地對我詳盡解釋人類進化的過程。我又問了一些問題，於是她又花了十分鐘，鉅細靡遺地告訴我香巴拉外圍的生活方式。她解釋，一旦小孩子了解到歷史和家庭的關係，他們所採取的下一步驟，就是學習延伸自己的創造性禱告能場，就像我所做的那樣。然後，他們會繼續發現一種讓文化更進步的方法，也許是在外圍區傳道，也許是在聖殿裡運用他們的禱告能場。

「這終究也會成為外界文化的生活方式，」她說：「有些人會全心奉獻於教導幼童，有些人會進入人類文化中形形色色的機構，幫助人類朝心靈理想邁進。」

我正打算多問些聖殿裡的人所做的事，塔西的房門卻打開了。塔西走了出來，他父親跟在後頭。

「我爸爸想見你，」塔西看著我。那位年長的男士稍微欠身，塔西介紹我倆認識，然後他們兩人便在桌前坐下。塔西的父親穿著傳統的羊皮褲和西藏牧人所穿的背心，衣著潔淨無瑕，呈淡褐色。他不高，但身材壯碩。他慈祥地看著我，帶著一種童稚般的熱情。

「你知道香巴拉即將變遷？」

我看了一下阿妮，然後又看著他。

「我只知道傳說提到的一些事。」

「傳說提到，」塔西的父親說：「在香巴拉和外界文化進化過程的某個時刻，會發生一場大轉變。只有當外界文化的意識發展到某個層次時，這場變化才會發生。不過，發生這場變化時，香巴拉也將遷移。」

「遷移到哪裡去？」我問：「你知道嗎？」

他微笑道：「沒有人確切知道。」

不知何故，他的話使我湧起一股焦躁情緒。我有些頭暈，好一陣子無法集中視線。

「他還沒那麼強壯。」阿妮說。

塔西的父親看著我。「我會到這裡來，是因為我的直覺告訴我，在這個轉變時刻，塔西加入我們在聖殿的行列，是很重要的一件事。傳說記載，這是個充滿契機，卻也步步危機的時刻。在某個時候，我們在聖殿裡所做的一切將遭毀滅，而我們束手無策。」

他回頭望著他兒子。「這只有在外界文化情況危急時才會發生。在未被揭露的人類早期歷史中，人類的心靈早已發展到這個地步，但之後卻失去了方向，又跌回無知的境地，開始誤用科技，中斷了進化的自然過程。」

他繼續說：「舉例來說，現在外面的文化裡，有些人正在扭曲食用物的自然生長過程，透過基因操控種子，讓食物出現不自然特質。這麼做基本上是要取得這些種子的專利壟斷市場。同樣的事情也發生在製藥產業中。有一種眾所皆知、而且人人可得的草藥被改變基因，只因為藥商要販賣這種草藥。在人體精確的能量體系裡，這種操弄行為將對健康造成可怕的後果。用放射線促進植物生長，在水裡加入氯和其他添加物，也是一樣，更別提所謂的設計性藥物（designer drug）了。」

他再接著說：「同時，傳播科技也已能造成強大的影響。如果媒體只反映大企業和腐敗政客的需求，將為人類創造出扭曲、失真的現實。當企業不停併購，以逐步控制媒體，利用更多廣告創造出錯誤的需求，這個問題將愈演愈烈。最急待解決的，是政府權力和監督的問題，甚至在民主國家也是如此。政府以對抗藥商或恐怖主義者為由，一步步侵犯平民百姓的隱私。現金交易受到限制，網際網路也完全受到監管。下一步，將是促使人類進入一個中央集權控制的無現金社會。在這種違背自然程序的高科技虛擬世界裡——在這裡，食物、水，以及生活的常規受到扭曲並被瑣碎化——這種朝中央集權、無心靈政府發展的傾向，將導致毀滅。當健康被扭曲為只是一種商業循環——食物惡化，新的疾病產生，發明更多藥物——結果就是一場大對決❻。這種情況在史前時期發生過幾次，現在也可能再度發生，只不過這次的規模會更大。」

他回頭對阿妮微笑。「但這一切並不必然會發生。事實上，我們的覺識程度就只差那麼一小步。如果我們能完全接受『我們是生活在心靈世界裡的靈體』這一觀念，那麼食物、健康、科技、媒體與政府，都將轉而扮演他們在世界進化與步向完美過程中適切的角色。但是，要想達到這一步，外界文化必須徹底了解禱告延伸。他們必須了解我們在聖殿裡所做的事。香巴拉的變遷是這個過程的一部分，我們必須掌握這個機會。」

他深深地看著塔西。「要想達到這一步，你們這一代必須與上兩代結合，合併成一個完整的禱告能場——包含所有宗教的最後統整。」

塔西一臉迷惑。他父親靠近他，然後說：

「在這世界上，生於二十世紀早期那一代，也就是我們這位西方朋友所稱的『二次大戰』時代的人，發揮勇氣，利用科技，從企圖建立帝國的獨裁者手中拯救了民主與自由。他們憑藉著科技力量打贏這場戰役，之後便繼續將這種科技擴展成一種遍及全球的經濟體制。接著下一代——也就是美國人口中的『嬰兒潮』——來到了這個世界。這一代的直覺告訴他們，只注重物質和科技，並不正確。他們的直覺告訴他們，環境汙染的情形很嚴重，企業對政府的影響太過強勢，而且情報組織的監控也太過分了。」

他繼續說道：「這種批評，是新世代開始擴張，以直覺引導人類前進時的正常現象。他們在辛苦贏得的物質主義中成長，或是在渴望物質的環境中長大，他們開始反抗，大聲疾呼生命不只是這樣；人類歷史背後，還有更隱微的靈性意旨。這就是六、七〇年代發生在西方世界的事：拒絕以物質為基礎的身分體制，探索其他宗教，哲學思想風行，人類潛能運動（Human Potential Movement）思潮爆發。這都是『生命不只是我們的物質

---

❻大對決（Armageddon）一詞，出自聖經，為世界末日時善與惡的決戰場。

世界觀所認知的』此一觀念，所引發的一系列覺悟的結果。」

他對我眨了一下眼睛，彷彿知道我探索十項覺悟時經歷的每件事。「嬰兒潮的直覺非常重要，」他接著說：「因為他們開始用正確的角度看待科技與物質豐足的現象，也掌握到更深奧的直覺，明白科技之所以在地球上發展，是為了支持某種文化，在這種文化中，我們不只將焦點放在生存庶務上，也關注自己的心靈發展。」

他停頓一下。「現在，從七〇年代晚期到八〇年代初期，出現了一個新世代，將人類文化更往前推進一步。」他看著塔西。「你和其他同年紀的人，是這個世代最後的成員。你知道你給這個世界帶來了什麼重點嗎？」

塔西思索著他父親的問題，我自己也在腦海中思考這個問題。嬰兒潮那一代所生的子女，其特色是反抗父母的理想主義與對科技模稜兩可的態度，他們比較實際，並且對科技有一種前所未見的熱愛。

每個人都盯著我瞧，彷彿他們都聽到了我的想法。塔西深有同感地點頭。

「我們察覺到科技帶有靈性意旨。」他說。

「現在，」塔西的父親看著我們，繼續說：「你看出來這三個世代是如何彙整在一起的嗎？二次大戰那一代的人對抗的是暴政，他們證明民主不但能在現代世界蓬勃發展，也能巨幅擴張，連結全世界的經濟。然後在一切豐足的時刻，嬰兒潮降臨，他們說這種擴張有問題，我們正汙染自然界，並與大自然及歷史思潮背後的靈性實相失去聯繫。而現在，下一個世代來臨，他們再次專注於經濟發展，重新塑造科技，有意識地用科技來支援我們的心智與心靈能力——如同香巴拉這裡一樣——不讓科技落入那些想利用它來限制自由、控制他人的人手裡。」

「但是這個新世代並不了解他們正在做什麼。」我說。

「沒錯，他們並不完全了解，」他說：「但這種自覺和覺悟每天都在擴展。我們必須設定一種能幫他們朝這方向提升的禱告能場，這個能場必須又大又強。這個新世代必須幫助我們整合宗教。

「茲事體大，因為總會有控制者想要操控這一代的人，利用他們將科技導入負面用途，或利用人與人之間的疏離感從中得利。」

我們坐在那兒，所有人都聽到直升機的低吼聲，聲音聽來還有一段距離。

「變遷開始了，」塔西的父親看著他，「還有許多事要準備。我想傳達的是，你所代表的這個世代，現在必須幫忙推動人類前進。你在擴張、進入外界文化這件事上——也就是香巴拉一直在做的事——也扮演某種角色。不過只有你能決定應該做什麼。」

塔西別過頭去。他父親走到他身邊，伸手摟著他好一陣子，接著又擁抱阿妮，然後便出去了。塔西看著他父親的背影，獨自走出門外，回他的房間。

我跟著阿妮走到庭院裡一塊小休息區，滿腦子疑問。

「塔西的父親到哪兒去了？」我問。

「他在為變遷做準備，」她看了我一眼，回答：「這也許不容易。我們所有人可能都得被迫離開一陣子。有許多人從聖殿那裡回來幫忙。」

我搖搖頭。「妳認為會發生什麼事？」

「沒有人知道，」她回答：「傳說並未明言。我們只知道會有變遷。」

這種不確定感開始削弱我的能量，於是我在旁邊一張長椅上坐下。

阿妮跟著我，坐在我身邊。「但我知道你必須做什麼，」她說：「你必須繼續追尋第四個延伸的其餘內容。其他事情會船到橋頭自然直。」

我有氣無力地點頭。

「專注於你在這裡學到的事。你已經明白科技必須如何發展，也已開始明白我們的文化有多麼重視生命過程、出生的奇蹟，以及有意識的進化。你知道這些事物會引發最強的靈感、最多的樂趣。」阿妮說：「與之相比，外界文化著重物質的生活便相形遜色。我們是靈體，我們的生活必須以家庭與天賦才能的奧祕，以及追求個人使命為中心。同樣的，你現在已經知道這樣的文化看起來如何，感覺起來又是如何。」

她繼續說：「傳說提到，確實地知道文化能夠如何進化，有助於擴展禱告能場，並賦予這個能場更強大的力量。現在，當你與自己的內在連結，看見自己的能場先你而行，帶來同步事件，並提升他人能量，讓他們也進入同步性過程時，你心中會抱持更大的期望。因為你現在明確地知道，這個過程將帶領所有人往何處去——如果我們能忠於這個過程，就能避免恐懼與憎恨的情緒。」

她說得沒錯。每個延伸都有其作用。

「但我尚未完全明白。」我說。

她寓意深遠地注視我的眼睛。「沒錯，但你必須繼續去了解第四個延伸的其餘內容。還有更多知識在等著你。你的禱告能場還可以更有力。」

這時我們又聽到了直升機的聲音，這聲音令我滿腔憤怒。他們似乎愈來愈近了。這怎麼可能呢？他們怎麼可能知道香巴拉的所在？

「他們真該死。」我說。阿妮臉上出現驚恐的神情。

「你還真多怒氣呢。」她說。

「呃，如果妳知道中國軍隊在做些什麼，妳很難不生氣。」

「這種憤怒是你慣有的一種模式。我相信已經有人警告過你憤怒的後果了。」

我想了想寅試著解釋的每件事。「是有人警告過我，但我仍不斷搞砸一切。」

我看得出她很擔心。

「你必須克服這問題，」她說：「不過別太過自責。因為那會傳送出一種負面禱告讓你停滯不前。另一方面，你不能只是忽視你的憤怒。你必須隨時將這問題謹記在心，時時提醒自己，保持自覺，同時設定自己的禱告能場，這樣才能破除舊有的模式。」

我知道成敗只有一線之隔，我必須做好自己該做的。

「現在我該做什麼？」我問。

「你認為呢？」

「我得到聖殿去嗎？」

「那是你的直覺嗎？」

我又想起我做的夢，決定把夢境告訴她。她睜大雙眼。

「你夢到和塔西一起到聖殿？」她問。

「是啊！」我回答。

「嗯，」她嚴肅地說：「你不覺得你該把這件事告訴塔西嗎？」

我走到塔西房間，碰碰牆壁。

「進來。」他說。牆上出現了一個開口。

塔西原本呈大字形躺在床上，一看到我，就馬上坐起來，指著他對面的一張椅子。

我坐了下來。有一會兒，他沉默不語，彷彿全世界的重量都落到他肩上。最後他開口說：「我還是不知道該怎麼辦。」

「你認為呢？」我問。

「我不知道，我很困惑。我只想到外面的文化去。我媽媽說，我必須找到自己的路。真希望我祖母在這兒。」

「你祖母在哪裡呢？」

「她在聖殿某處。」

我們互相注視了很長一段時間，接著他說：「但願我能了解我做的夢的意義。」

我坐直身體。「什麼夢？」

「我和另一群人在一起。我看不清楚他們的臉，但我知道其中一位是我姊姊。」他停了一下。「我還看到一個有水的地方。不知道怎麼回事，我就進入外面的文化了。」

「我也做了個夢，」我說：「你和我在一起。我們在一座聖殿裡……那座聖殿是藍色的……在那裡我們還發現了另一個人。」

塔西臉上閃過一抹微笑。

「你在說什麼啊？」他問：「你是說我會到聖殿去，而不是到外面的文化去嗎？」

「不，」我說：「我不是這個意思。你告訴過我，所有人都知道不可能透過聖殿到外頭的文化去。但如果他們錯了呢？」

他容光煥發。「你是說，我們到聖殿去，再試著從那裡到外面的文化去？」

我望著他。

「一定是這樣，」他站了起來，說：「搞不好我也被召喚了呢。」

9 邪惡的能量

我們一走出臥室，就發覺遠方直升機旋翼聲愈來愈響。阿妮走進屋內，從儲物箱拉出三個沉甸甸的背包和兩件夾克，將這些東西交給我們。我注意到這兩件夾克似乎是以傳統布料和縫工製成，正想問她時，她卻匆忙領我們到屋外，走到左岔的小徑上。

走著走著，阿妮趨步到塔西身旁，我可以聽到塔西告訴阿妮他決定要去聖殿。直升機的低吼聲更近了，原本一片蔚藍的晴空，現在卻覆上一層沉重的烏雲。

我問她我們要往何處去。

「到山洞裡，」她說：「你需要一些時間準備。」

我們沿著陡峭懸崖邊的蜿蜒碎石小路前進，走到懸崖另一側的高原上。阿妮揮手示意我們進入一個窄小的峽洞內。我們彎身躲進洞裡，凝神靜聽。直升機在懸崖上方盤旋了好一陣子，然後便沿著我們走過的路徑，飛到我們正上方。阿妮露出驚恐的神色。

「怎麼回事？」我大叫。

她一語不發地竄出洞外，要我們跟去。我們跑了大約半哩，橫越那片高原，進入一片丘陵地帶，然後停下來等。和之前一樣，直升機在我們身後盤旋，最後飛抵我們上空。

一陣凜冽的寒風襲來，幾乎把我吹倒。就在這一瞬間，我們身上所穿的衣物消失無蹤，只剩下厚重的外套。

「我就料到可能會發生這種事，」阿妮從背包裡拉出更多衣物。我腳上的靴子還在，但阿妮和塔西的已經消失了。她遞給塔西一雙皮靴，自己也套上一雙。整裝完畢，我們再度沿著山坡，在岩石間穿梭著往上爬，最後抵達一處較平坦的區域。一陣大風雪驟然颳起，氣溫也陡然下降。在這樣惡劣的氣候下，直升機似乎迷失了方向。我向外掃視原本碧綠的山谷。皓雪幾乎覆蓋了一草一木，冷冽的氣溫下，植物已開始枯萎凋零。

「這是受到那些軍人能量的影響，」阿妮說：「他們的能量正在毀滅我們環境的能場。」

我抬頭向直升機聲響處望去，心裡湧起一股新的憤怒。就在這當口，直升機立刻傾斜機身，筆直地朝我們飛來。

「走吧！」阿妮喊道。

我挨近這小堆營火，體會到清晨空氣的冷冽。在那之後，我們又走了一小時，入夜則棲息在一個小山洞裡。儘管身上穿了好幾件不透風的襯衣，我仍覺寒風刺骨。塔西蜷縮在我身邊，阿妮由洞口望著外頭冰封的世界。這場雪已連續下了數小時。

「一切全毀了，」阿妮說：「現在外面除了冰雪，什麼都沒有。」

我挪向洞口，往外望去。那曾散落著數百戶人家、枝葉扶疏的山谷，現在只見遍地白雪與萬山叢棘。斷枝殘幹隨處可見，但卻看不到半點顏色。所有的屋舍就這麼消失了，潺湲過山谷中央的那條溪澗也已凝結成冰。

「氣溫肯定降了有六十度。」阿妮說。

「怎麼會這樣？」我問。

「中國人發現了我們，他們思想的力量，以及他們所預期的冷冽氣候，抵銷了我們設定來保持溫和氣候的能場。雖然平常在聖殿的那些人提供的能場強度夠強，絕對足以驅走這些中國人，但他們知道，變遷的時機到了。」

「什麼？他們是故意讓中國人入侵的嗎？」

「這是唯一的辦法。如果你和其他發現我們的人進得了香巴拉，這些軍人也進得來。你還不夠強，還是會出現負面想法，於是那些中國人就跟著你到這裡來了。」

「妳是說這都是我的錯囉？」我說。

「沒關係。這也是香巴拉轉變過程的一部分。」

我並未因此而感到寬慰。我又回到火堆旁，阿妮隨後跟至。塔西已準備好一鍋用乾燥蔬菜燉煮出的菜餚。

「你必須了解，」她說：「對香巴拉人而言，發生什麼事都無所謂。這一切都在預料之中。這裡的每個人都不會有問題的。從聖殿回來的人夠多，能帶他們穿越時空窗，到另一個安全的地方去。我們的傳說已經讓我們做好心理準備了。」

她向外指著那片山谷。「你必須全神貫注在你做的事情上。你和塔西不能被中國軍隊逮捕，必須成功地抵達聖殿。世人必須知道香巴拉為人類所做的一切。」她就此打住。

我們兩人都聽到遠方直升機隱約的呼吼。聲響愈來愈模糊，終至完全聽不見。

「而且你必須特別小心，」她說：「我想，你明白不可以讓負面影像進入腦子裡，尤其是憎恨或鄙視的念頭。」

我知道她是對的，但我仍不懂這一切是如何發生的。

她直視我。「你早晚得處理你的憤怒模式。」

我正想開口詢問，卻看到外頭有好幾十人正走下結冰的山坡，到我們所在處右方。

阿妮站起來看著塔西。

「沒時間了，」她說：「我得走了。我必須幫這些人找出去的路。你爸爸還在等我。」

「妳不能和我們一起走嗎？」塔西挨近她，顫聲問道。

我看見他眼中含著淚。阿妮盯著他看，又從結冰的洞口看著那些人。

「不行，」她說，緊緊地摟住他。「我必須待在這裡，幫助香巴拉轉移。不過，你不用擔心。無論你在何處，我都找得到你。」

她朝洞口走去，走到洞口時，她轉身看著我和塔西。

「你會沒事的，」她說：「但還是要小心。如果你心中充滿憤怒，就無法維持高能量。你絕不能樹立仇敵。」

她停住，看著我，然後說了句我在這趟旅途中已聽過許多遍的話。

「記住，」她面帶微笑地說：「會有人幫你的。」

我和塔西在雪地裡跋涉前進。他轉頭對我微笑。天氣愈來愈冷了，我努力想維持能量。在抵達聖殿所在的山峰前，我們必須先攀越這座山頭，跨越冰天雪地的山谷，然後幾乎是垂直地爬過另一座山頭。雖然我們毫不費力地走了將近四分之一的路程，但現在似乎沒那麼輕鬆了，因為我們到了一座石崖邊，下方是幾近五十呎深的深谷。

塔西回頭看著我。「我們得滑下去。這附近沒別條路了。」

「太危險了，」我抗議道：「雪地下可能有石頭。如果往下滑的時候失去控制，可能會受傷。」我的能量正在下降。

塔西緊張地微笑。「沒關係啦，」他說：「害怕也沒關係。只要繼續觀想正面的結果。恐懼會把空行母引來。」

「等等，」我說：「從來沒有人這麼說過。你的意思是？」

「你難道沒被幫助過，而且是很神祕的、無法解釋的？」

「寅告訴我那是香巴拉在幫我。」

「所以呢？」

「我不了解其中道理，一直試著找出是哪些因素決定了空行母何時會幫助我們。」

「這只有聖殿裡的人才知道。我只知道恐懼會讓這些守護神更接近我們——如果我們還能保有某程度的信心的話。憎恨才會趕走他們。」

塔西把我往前推下突出的懸崖，於是我們開始失控地在鬆散的雪地裡往下滑。我的腳撞到一塊石頭，栽了個跟頭，開始頭下腳上地滾下去。我知道如果我的頭又撞上另一顆石頭，我可能就完蛋了。雖然我很害怕，我還是設法觀想安全降落的影像。

這種想法一出現，一種特殊的感覺便開始籠罩著我，我心中漲滿平和幸福的感覺，害怕的心情也逐漸減弱。幾分鐘後，我撞到懸崖底部，停止滾動。塔西重重地撞到我背上。我閉著眼躺了一會，慢慢睜開眼睛，想起從前也曾遇過其他危險的狀況，當時都曾有一股不可思議的祥和感籠罩著我。

塔西正試著從雪堆裡站起來，我回頭對他微笑。

「怎麼了？」他問。

「有人在這裡。」

塔西站起來，抖落衣服上的雪，開始往前走。「你了解當你保持正面思考時會發生什麼事了嗎？憤怒所產生的短暫力量無論有多強烈，都抵不過這種神祕的力量。」

我點頭，希望自己能記住這句話。

我們在山谷中走了兩個鐘頭，橫越結冰的河川，奮力爬上漸形陡峭的斜坡，來到險峻的山巒底下。雪愈下愈大。

塔西突然停下腳步。

「前方有動靜。」他說。

我用力地看。「那是什麼？」

「看起來像人。過來。」

我們往山坡上走避。山頂看來是在上方兩百呎左右。

「這裡得有路才行，」塔西說：「我們沒辦法攀越山頂。」

前方傳來雪塊和石頭崩落的聲音。塔西和我面面相覷，然後慢慢繞著山坡上一塊塊裸露的岩面往旁邊移動。等爬完最後一塊岩面時，我們看到有個人正在抖落身上的積雪。他滿臉倦容，膝蓋上綁著繃帶，繃帶上還有血跡。我簡直不敢相信。那是威爾。

「沒關係的，」我對塔西說：「我認識這個人。」我站起來，爬過石頭。

威爾聽到有人說話的聲音，趕忙躲到一旁，準備隨時跑上一座小吊橋，逃離我們，儘管他腳上有傷。

「是我啊！」我對他喊道。

威爾挺直地站了一會，之後又癱在雪地裡。他穿了一件厚重的白色夾克和防風長褲。

「也差不多是時候了，」他微笑說：「我老早就在等你來了。」

塔西跑過來看威爾的腳。我介紹他們認識，盡可能簡略地向威爾敘述發生過的每件事：遇到寅，逃離中國人，學習能量延伸，進入香巴拉，直到抵達香巴拉外圍區。

「我不知道怎麼找你，」我說，指著下方的山谷：「一切全毀了，都是那些中國軍人的關係。」

「我知道，」威爾說：「我也遇到過他們。」

威爾告訴我們他的經歷。他和我一樣，也盡全力擴展自己的禱告能場，並獲准進入香巴拉。他是在外圍區的另一邊，由另外一家人更進一步地教導他傳說所說的事。

「到聖殿的路很難走，」威爾說：「尤其還有中國追兵在後。我們必須確定自己沒有發散出負面禱告。」

「這方面我似乎做得不好。」我說。

他盯視著我，滿臉擔憂。「這就是你要和寅在一起的原因啊。他難道沒讓你知道這樣會發生什麼事嗎？」

「我想我知道該如何避免一般的恐懼影像，可是我對那些中國軍人的怒氣常讓我犯錯。」

威爾看起來更顯憂慮。他正要開口說話，我們聽到遠方直升機逐漸接近的聲音。於是我們開始往山上爬，在大石塊和深雪地中穿梭前進。這裡的一切似乎都非常脆弱而不穩定。我們爬行了二十分鐘，三人沉默無語。風勢漸形強勁，雪打在我們臉上，有如針刺。

威爾停了下來，單腳跪在地上。

「你聽，」他說：「那是什麼？」

「又是直升機。」我一邊說著，一邊想辦法壓抑自己的怒氣。

我們屏氣凝神地聽。直升機斜飛過雲層，朝我們這邊飛來。

威爾一跛一跛地在結冰的山坡上攀爬，但我遲疑了一會。除了直升機聲之外，我還聽到了別的聲響，好像是貨運火車的聲音。

「小心！」威爾在我上頭尖叫。「是雪崩！」

我試著閃開，但為時已晚。滾動的雪堆勢力萬鈞，迎面而來。我被撞倒，又跌又撞滾落山坡，有時轟隆巨響的大雪塊整個壓在我身上，有時奔馳急落的雪堆推著我滑行。

經過一段彷彿永無止境的時間，我感覺自己停下來了。我被壓在雪堆下，全身扭曲，無法動彈。我試著呼吸，但四周一點空氣也沒有。我知道我快死了。

就在這一刻，有人抓住我伸出在外的右手，開始把我挖出來。我可以感覺到還有其他人在我身邊挖掘，最後，我終於得見天日。我貪婪地呼吸空氣，撥走遮住眼睛的雪，以為睜開雙眼後，首先映入眼簾的人會是威爾。

沒想到，在我眼前的，卻是十幾個中國軍人，其中一個仍抓著我的手臂。在這些人後方迎面走來的是張上校。他一言不發地指示幾位軍人把我帶上仍在空中盤旋的直升機。直升機降下一條繩梯，幾位軍人俐落地爬了上去，然後丟下一套繩帶，其他軍人把繩子繫在我身上。張上校一聲呼喝，我就被往上拉進直升機裡，接著他和其他軍人也攀爬上來。數分鐘後，我們便離開此地。

我站在三十呎見方的防風帳棚內，隔著船艙窗戶般大小的窗口向外望。我數了數，外邊至少有七座大帳棚和三輛輕便、容易空運的小拖車。營區中央，有個汽油發電機隆隆作響。左邊一塊空地上，停放著好幾架直升機。雪已止歇，地面上積了十餘吋深的雪。

我向右上方仔細張望。從背後的山勢研判，我認為直升機只把我帶回到山谷中央。晚風呼嘯，拍擊著帳棚。到這兒之後，有人餵我食物，還強迫我洗了個溫水澡，給我穿上保暖的軍服和不透風的內衣褲。至少我終於暖和了。

我轉過身，看著坐在入口處全副武裝的中國哨兵。他監視我的一舉一動，眼神冷酷，使我不寒而慄。我感到疲憊不堪，於是走了過去，在角落邊兩張行軍床的其中一張坐下。我試著評估自己所處的狀況，但卻完全無法思考。我全身麻木、呆滯又害怕，事實上，我知道我的警覺心很低。我不明白為什麼我會覺得如此無力。我從未如此驚慌。

我試著深呼吸，積蓄能量，但卻做不到。裸露的燈泡垂掛在帳棚頂端，整個房間瀰漫著單調、閃爍的光線和鬼魅般的陰影。我無法在四周找到任何美麗的景物。

帳棚門被掀開，棚外哨兵肅立站好。張上校走了進來，脫下厚重的夾克，向哨兵點點頭，便將注意力轉移到我身上。我偏過頭去。

「我們必須談談，」他拉了張折疊椅，坐在離我四呎遠的地方。「你必須回答我的問題，而且現在就得回答。」他冷冷地瞪了我一會。「你怎麼會在這裡？」

我決定盡量誠實回答。「我在這裡研究西藏傳說。這我告訴過你了。」

「你在這裡尋找香巴拉。」

我緘默無語。

「這裡就是了嗎？」他問：「香巴拉就在這座山谷裡嗎？」恐懼感翻攪著我的胃。如果我拒絕回答，他會怎麼做？

「你不知道嗎？」我問。

他勉強笑了一下。「我猜，你和你那些違法的黨羽以為這裡就是香巴拉了。」他一臉疑惑，似乎想起了另一件事。「我們還看到這裡有其他人，不過他們在雪地裡逃走了。他們在哪裡？要到哪裡去？」

「我不知道，」我說：「我甚至連我們在哪兒都不知道。」

他移向我。「我們還找到植物的殘骸，而且是最近還活著的。這怎麼可能？植物怎麼可能在這裡生長？」

我只是瞪著他看。

他冷笑道：「你對香巴拉的傳說究竟知道多少？」

「一點點。」我結巴地說。

「我知道的可不少呢。你相信那傳說嗎？到目前為止，我已經讀過所有古老的文獻，我得說，這些東西還真是有趣啊，就像神話故事一樣。想想看：有個理想社區，裡面住著一群開悟的人類，他們的思想，比這個星球上其他文化都要先進許多。我知道的還多著呢！這些香巴拉的人不知怎地，有行善的神祕力量，這股力量普及其他人類，督促他們往更高層次前進。真有意思，你不覺得嗎？這件事嘛，如果只是古老傳說，還可品味一番……如果它不是這麼危言聳聽，讓西藏人頭腦不清的話。你不覺得，如果真有這種地方，老早就會被發現了嗎？哪用得著等到現在？神、心靈，都只是小孩子做的夢罷了。舉個例子，西藏神話裡提到空行母，他們是能和我們互動、能幫助我們的天使。」

「那你相信什麼呢？」我問，試著減緩緊繃的氣氛。

他指著他的頭。「我相信腦子的力量。這就是為什麼你應該和我談談，助我們一臂之力。我們對精神力量的觀念最感興趣，例如強烈的腦波，還有它們對電子儀器和位在遠方的人的影響。不過，可別把這跟心靈學給弄混了。思想的力量是一種自然現象，是可以透過科學方法研究和發現的。」

他說到最後，比出憤怒的手勢。一陣強烈的恐懼感傳達到我的胃。我知道這個人極端危險，而且絕對是冷酷無情的。

他看著我，然而，在他身後的那面篷布，就在哨兵站著的門口正對面，有東西吸引了我的目光。那面牆突然亮了起來。此時，頭頂上的燈泡仍一明一暗地閃爍著，我以為我看到的影像是因為發電機電流不穩所致，因而並未多加理會。

張上校站起來，往我這兒走近幾步，看起來比之前更為氣憤。「你以為我喜歡大老遠地跑到這蠻荒地帶來嗎？這裡為何有人活得下來根本不關我的事。不過，我們也不會離開這裡。我們要擴大這個營區，直到有足夠的兵力步行搜索這整片區域。不管有誰在這裡，都會被找出來，受到非常殘酷的對待。」

他勉強擠出一絲笑容。「不過，如果是我們的盟友，也會得到同等的報酬。聽清楚了嗎？」

這時候，另一波恐懼感流竄我全身，但這次的感覺不一樣。這次的恐懼，混雜著強烈的鄙視。我開始厭惡這個人的邪惡。

我看著他身後似乎比較明亮的牆面，但現在那裡卻是一片平坦，陰影幢幢。亮光消失了，我感到無邊的孤寂。

「你為什麼要這麼做？」我問。「西藏人有權追求自己的宗教信仰。你正試著摧毀他們的文化。你憑什麼這麼做？」我感覺憤怒使我強壯了起來。

我的質問似乎只是徒然增強他的能量。

「喔，原來你還是有意見的嘛，」他虛情假意地笑道：「他們天真成這樣，真是太慘了。你以為只有我們會做這種事嗎？你們的政府還不是想盡辦法控制你們？你看那些可以植入軍人和惹事生非的人體內的晶片。」

「還不只這樣呢，」他幾乎是扯著喉嚨說。「我們已經知道，人在思考的時候，會向外發散一種特定模式的腦波。每個政府都在研發能辨識這種腦波的機器，特別是帶有憤怒或反政府情緒的腦波。」

他說的事情令我不寒而慄。阿妮提過這種濫用腦波增強器的情形，那曾使某些早期文明走向滅亡。

「你知不知道，你們所謂的民主政府為什麼要這麼做？」他繼續說：「因為他們比我們還忌憚老百姓。我們的百姓知道政府的角色就是統治，他們知道有些自由是必須受到限制的。你們的百姓以為每個人都可以自行決定方向。嗯，或許過去真是如此，但是如今這個世界高度科技化，隨便一個放在公事包裡的武器都可以摧毀一整座城市，這種觀念再也行不通了。依過去那種自由的標準，人類是活不下去的。社會的方向和價值觀必須以大眾利益為考量，受到控制、監督。這就是這個什麼香巴拉傳說為何是如此危險。因為這個傳說的基礎，就是完全的自我導向。」

他在說這些話時，我想我聽到了背後篷布被掀開的聲音，但我並未回頭。我的注意力完全放在這個人的態度上。他在這裡發表的，是現代暴政極其惡劣的形式，他說得愈多，我就愈覺噁心。

「你不明白的是，」我說：「人類能找到一種內在動機，創造出一個美善的世界。」

他諷刺地笑道：「你不會相信那種說法吧？歷史證明，人性除了自私、貪婪之外，啥也不是。」

「如果你自己也有靈性，就會看到好的一面。」我的音調因憤怒而提高。

「不，」他冷不防說出，幾乎是用吼的。「靈性就是問題所在。只要宗教存在一天，人與人就無法統合在一起。你還不明白嗎？每個宗教體制就像在進步路上死硬頑固的路障。每個宗教都與其他宗教爭鬥。基督教徒花費所有時間、金錢，想把每個人都改變成以他們的教條判斷是非。猶太教想在上帝選民的夢中，保持絕然孤傲的態度。回教徒則看重友愛、集體力量和神聖的憤怒。而我們這些東方的宗教，是最糟的。我們忽視真實世界，反而去探索一個沒人能了解、虛幻的內在生活。在這堆玄學亂象中，沒有人能專心追求進步，沒有人能減緩窮人負擔，也沒人注意到是否每個西藏孩子都受了教育。」

「不過，別擔心，」他繼續說：「這個問題就快解決了。而且，你也已經幫了我們的忙。自從威爾森・詹姆士在美國夜訪你開始，我們就一直監視著你和那群荷蘭人的一舉一動。我知道你會來，也知道你會牽扯其中。」

我肯定一臉詫異。

「喔，沒錯，我們知道你的一切。我們在美國的活動比你想像的還自由。你們的國安局（NSA）能監控網際網路，你以為我們就不能嗎？你和你的黨羽永遠都無法逃過我的手掌心。不然你以為我們在這種天候下怎麼還跟蹤得到你？就是靠腦子的力量。我的腦子告訴我你會在哪裡。甚至在荒野中迷路時，我也知道你在哪裡。我可以感覺到你的存在。剛開始我只能追蹤到你的朋友寅，後來連你也可以了。」

「還不只這樣呢。我甚至已經不需要用直覺去找你的位置。我已經把你的腦波掃描下來了。」他頭往門的方向一偏。「幾分鐘內，我們的技術人員就能架好最新的監控設備，然後我們就能知道被我們掃描過的人身在何方。」

起初我還不明白他所指為何，但後來想起之前吸入瓦斯昏迷，在阿里一家中國房舍醒來那次經驗。我全身又流竄過一波新的恐懼，但這股恐懼立刻轉變成更強烈的怒氣。

「你瘋了！」我大叫。

「你說對囉，對你來說，我是瘋了。但我就是未來。」他現在高高站著，低頭看著我，滿臉通紅，滿腔怒氣。「真是愚蠢、天真得離譜。你把事情給我一五一十地說清楚。聽清楚了嗎？一五一十地說！」

我知道他是不打算放我走才告訴我這些事。但我並不在乎。和我交談的是一個怪物，我只感到怒不可遏。我正打算再次譴責他，帳棚另一邊卻傳來一聲大叫。

「不要！那會削弱你的能量！」

張上校轉過身，瞪大眼睛，我也跟隨他的目光望去。門口站著另一位哨兵，在他旁邊，跌落在一張小桌旁的，是寅。哨兵把他推倒在地上。

我跳起來衝向寅。張上校用中國話對哨兵說了幾句話，便大步走出帳棚。寅滿臉都是瘀青和傷痕。

「寅，你不要緊吧？」我扶他到一張行軍床坐下。

「我沒事，」他拉我坐到他身旁。「你前腳一走，他們立刻就找上門來。」他眼底充滿興奮的神情。「告訴我發生了什麼事。你到香巴拉了嗎？」

我看著他，用手指摀著嘴。「他們讓我們在一起，也許是想看看我們會談些什麼，」我輕聲說：「我敢說他們一定裝了竊聽器。我們不能說話。」

「但還是得冒這個險，」寅說：「到暖氣機那裡去，那裡很吵。告訴我發生了什麼事。」

接下來半小時，我告訴他我在香巴拉世界看到的一切，然後，我用幾乎聽不到的聲音提到聖殿。

他睜大雙眼。「這麼說來，你還沒發現第四個延伸的全部內容囉？」

我小聲地說：「都在聖殿裡。」我接著告訴他有關塔西和威爾的事，也提到阿妮曾說過要我學習在聖殿的人所做的事。

「她還說了些什麼？」寅問。

「她說我們絕不能樹立仇敵。」我回答。

寅的面孔痛苦地扭曲，然後他說：「但你卻在製造張上校這個敵人。你用憤怒和鄙視的情緒，讓自己感覺更強壯。這就是我所犯的錯誤。你運氣好，他沒有立刻殺了你。」

我向後倒在床上，我知道我當時情緒失控了。

「你難道不記得，你的負面期望曾經趕走了開廂型車的那對荷蘭人，因而錯失一次重要的同步事件？那時候，你擔心他們也許會害你。他們感受到你這方面的期望，也因此開始覺得停車可能是不智之舉，於是揚長而去。」

「是的，我還記得。」

「**我們對別人所做的每個負面假設或期望，**」寅說：「**都是一種禱告，會向外發散出去，並在對方身上製造出符合我們期望的狀況**。記住，人與人的思想是相通的——我們的思想和期望會向外傳送，影響其他人，使他們也依循我們的方式思考。這就是你剛才對張上校做的事。你自始至終都認為他很邪惡。」

「等等，我只不過是看出他的真面目而已。」

「真的嗎？你看到的是他的哪一部分？他的自我，或是他更高層次的靈魂自我？」

寅說得沒錯。以上這些都是我以為我已在第十項覺悟裡學到的觀念，但我卻未身體力行。

「我逃離他的時候，」我說：「他還是能發現我的行蹤。他說他可以用思想和直覺做到這件事。」

「你曾想到他嗎？」寅問：「你想過他會跟蹤你嗎？」

「想必我有想過。」

「你忘了嗎？這就是之前發生在我身上的事，現在你又重蹈覆轍。你的期望使張上校在腦中感應到你身在何處。那是一種自我的想法，但他之所以會出現這種想法，是因為你期望——事實上，你是在祈禱——他找到你。」

「明白了嗎？」寅繼續說：「這我們已經討論過許多次了。我們的禱告能場不斷地在世上運作，將我們的期望傳送出去，而就接收我們期望的人來說，效果幾乎是立刻顯現。還好，就像我之前說的，這種負面禱告的效果並不像正面禱告那麼強，因為負面的禱告會立刻將你與更高自我的能量隔絕開來，但它還是有效力的。這是隱藏在你們箴言（Golden Rule）背後的運作過程。」

我似懂非懂地看了他一會，才想起他指的是什麼。原來他指的是聖經上的這則訓示：你們希望別人怎麼待你，你們也要怎麼待人。我不大能看出其中的關聯，於是請他解釋。

「這則訓示聽起來，」寅說：「似乎是該被遵守的，因為它能創造一個良善的社會，對吧？作為一種道德倫理觀，似乎是如此。但事實是，在這聽起來還不錯的觀念背後，還有一種真正屬於心靈的、能量的、和因緣的道理。遵守這個原則之所以很重要，是因為你自身也會受到影響。」

他戲劇化地停頓一會，然後說：「這個原則更完整的說法應該是：你們希望別人怎麼待你，你們也要怎麼待人，因為你對待別人或想起別人的方式，就是他們將對待你的方式。你透過感覺或行動傳出的禱告，能從別人身上輕易引出你所期望的事物。」

我點點頭，開始理解這個觀念。

「以張上校為例，當你斷言他本性邪惡時，你的禱告能量也同時發送出去，進入他的能量裡，強化了他的個性傾向，使他開始出現你所預期的行為：憤怒、冷酷。由於他並未連結到一種更深奧的神聖能量，因此他的自我能量虛弱且易受影響。他扮演了你期望他擔綱的角色。你回頭想想人類文化中一般事務的運作方式。這種效應放諸四海皆準。記住，我們人類會互相分享彼此的態度與心情，這一切都非常具有感染力。當我們看著他人，開始下判斷，心想：他們很胖、很瘦，或沒成就、或長相醜陋、或穿著沒品味，這時候，我們就是在把自己的能量傳送給對方，而通常他們也會開始對自己產生負面的想法。我們所做的，只能用『邪惡的能量』來形容，也就是負面禱告的感染力。」

「那我們該怎麼做呢？」我抗議道：「難道我們不該看清事情的原貌嗎？」

「我們當然必須看清楚事物的真實面，但在這之後，**我們必須立刻把自己的期望從是什麼轉換成可以是什麼**。以張上校為例，你應該已經了解，雖然他的舉止極為卑劣，與任何靈性層面完全搭不上邊，但他更高層次的自我，還是有能力在瞬間看到光明。這就是你需要懷抱的期望，因為這樣做就是真正地把禱告能場傳送出去，將他的能量和覺識往那個方向提升。你必須回歸這種思想態度，而且無時無刻都必須如此，不管呈現在你眼前的是什麼。」

他戲劇化地停住，微笑著，這景象讓我覺得有點怪異，一方面是因為我們正身歷險境，另一方面則是因為他滿臉瘀青和傷痕。

「他們打你嗎？」我問。

「我想到的他們全做了。」他說，再次強調之前的重點。

「你明白這一切有多重要了嗎？」寅問：「除非了解這一點，否則你的能量無法更進一步地延伸。憤怒永遠都是一種魅惑人的情緒，它會讓你感覺很好，讓我們的自我以為自己變強了。其實不然。所以你得放聰明一點。除非你能避免各種不同的負面禱告，否則就無法抵達創造性能量最強的層次。外界的邪惡已經夠多了，不用你再無意識地添加。這就是西藏慈悲心律則背後的偉大真理。」

我別過頭去，心裡明白寅說的句句屬實。我又讓自己落入憤怒的模式了。為什麼我老是一再地犯這毛病？

寅看著我的眼睛。

「這個觀念的關鍵是這樣的：在修正自己會招致反效果的模式時——以我們來說，就是憤怒和譴責——絕不能對可能發生在自己身上的事做出負面禱告。你明白我的意思嗎？如果我們說出『我克服不了這個問題』或『我永遠改不了』這類自我挫敗的話，我們就是在祈禱維持自己原有的模式。我們必須抱持一種想法，相信自己會找到更高的能量，克服自己的模式。我們必須用禱告能量提振自己的精神。」

他往後躺在行軍床上。「這也是我必須學習的課題。我永遠也無法了解為什麼瑞格登喇嘛對中國政府是抱持著一種同情的態度。中國軍人正在毀滅我們的家園，所以我要殲滅他們。但我卻從未真正接近任何一位軍人，從未望進他們的眼睛深處，從未把他們看成是困在暴政體制下的人。不過，一旦我看穿他們的自我，看清他們的社會化過程，我終於能做到不以自己先入為主的負面觀念，去增強邪惡的能量。我終於能夠為他們，也為我自己，抱持更高的憧憬。也許是因為我學到了這一點，所以我也滿懷希望，相信你也將學到這一點。」

營區的嘈雜聲把我吵醒。有人正把大鐵桶或大鐵罐放在一起，發出撞擊聲。我跳起來，穿好衣服，往門邊看去。原本的哨兵已換人，新接班的兩個士兵睡眼惺忪地看著我。我走過去，望著窗外。天色陰暗，烏雲密布，狂風怒吼。其中一頂帳棚內，有人在走動。有扇門被掀了開來。是張上校，他正朝我們的帳棚走來。

我往回走到寅的行軍床邊，他翻過身，掙扎著想爬起來。他整個臉腫了起來，只能瞇著眼看我。

「張上校過來了。」我說。

「我會盡量幫忙，」他說：「但你必須對他懷抱一種不同的禱告能場。那是你唯一的機會。」

帳棚門掀了開來，哨兵跳起來立正站好。張上校走了進來，示意他們到外頭等。他看了寅一眼，然後走向我。

我正在做深呼吸，試著盡量延伸能場。我觀想能量從我身上流出去，並專注精神，把他看成只是一個置身於恐懼中的靈魂，而非一位施虐者。

「我要知道聖殿在哪裡。」他用一種低沉、心懷不軌的聲音說，同時脫下外套。

「只有能量層次夠高時，才能看到聖殿，」我回答。這是閃過我腦際的第一句話。

他的防衛心似乎鬆懈下來。「你說什麼？」

「你告訴過我，你相信頭腦的力量。如果說，頭腦的力量之一，就是提升你的能量層次呢？」

「什麼能量？」

「你說過腦波是真實存在的，而且可受機器操控。那麼，如果我們能提升自己的能量層次，透過內在的意圖控制自己的腦波，使腦波變得更強呢？」

「這怎麼可能？」他說：「科學從未證實這種事。」

我真不敢相信，他似乎正敞開胸懷。我專注地看著他的表情，他似乎在認真思索我的話。

「但這的確是有可能的，」我繼續說：「腦波，或者說是向外散發的一組波動，被提升到某個層次時，就能影響接下來發生的事。」

他精神抖擻地問：「你是在告訴我，你知道如何用腦波讓某些特定事件發生嗎？」

他說話的時候，我又看到他後頭的牆面發出亮光。

「沒錯，」我繼續說：「但是只限於那些能把我們的生活推上該走的軌道的事情，否則這個能量最後會崩潰。」

「該走的軌道？」他瞇著眼問。

他背後的牆面愈變愈亮，我忍不住又看了一眼。張上校轉身朝同一個方向望去。

「你在看什麼？」他問。「告訴我你說的『該走的軌道』是什麼意思。我覺得我是很自由的。我的生活要往任何方向走都行。」

「是的，當然，你說得沒錯。但你會覺得有個方向是最好、最能啟發你，而且比其他方向更能帶給你滿足感的，對吧？」我真不敢相信他背後那面牆變得有多亮，但我不敢再直視它。

「我不知道你在說什麼。」他說。

他看來一臉疑惑，但我繼續專注看他凝神靜聽的表情。

「我們是自由的，」我說：「但我們也是某種設計的產物，這種設計來自我們自身更偉大的一部分，而我們能與這個偉大部分連結。我們真正的自我比我們以為的更大。」

他直直瞪著我。在意識深處，他似乎了解我所說的話。

外頭的哨兵衝了進來，打斷我們談話。門被撞開時，我發現原來的強風已轉變成暴風，我聽到營區到處傳來東西被掀起、翻倒的吵雜聲。

有個哨兵推開帳棚門，大聲地用中國話喊叫。張上校跑向他，我們看到營區的帳棚被吹得漫天亂飛。他回頭看看寅和我，就在這時，一陣劇烈的狂風把帳棚左側從地上拔起，帳棚帆布被扯裂開來，蓋住張上校和那些哨兵，還把他們推倒在地上。

帳棚裂了個大洞，風雪打在我和寅身上。

「寅，」我叫道：「是空行母！」

寅掙扎著站起來。「這是你的大好機會！」他說：「快跑！」

「走！」我捉住他的手臂。「我們可以一起走。」

他把我推開。「不行，我只會拖累你。」

「我們辦得到的。」我懇求他。

呼嘯的暴風中，他吼叫道：「我已經達成我來這裡的任務了，現在你也必須做你該做的事。我們還不知道第四個延伸的其他內容。」

我點頭，匆忙地摟了他一下，然後一把抓起張上校厚重的外套，穿過帳棚裂開的縫隙，跑進暴風雪中。

10 承認靈光

我往北跑了大約一百呎，然後停下來回頭眺望營區。依稀還能聽見碎石掃過營區的聲音，以及喧鬧的叫喊聲。

眼前一片白茫茫。我回頭往山邊跋涉前進，耳邊依稀傳來張上校的嘶吼聲。

「我會找到你的，」他憤怒的吼聲穿透呼呼的風聲。「你逃不掉的！」

我繼續往前走，在深雪地裡趕路。走了十五分鐘才前進一百碼。所幸風勢依然強勁，我知道中國軍人可能還得等上一段時間才能讓直升機升空。

我聽到一陣模糊的聲音。起初我以為那是風聲，但聲音卻愈來愈大。我彎身蹲下。有人在叫我的名字。最後，我看到有人在風雪中走動。是威爾。

我抱住他。「天啊，真高興見到你。你是怎麼找到我的？」

「我看著直升機飛行的方向，」他說：「之後就一直走，最後看到了營區。我整晚都待在這裡。如果我沒隨身攜帶爐具，可能早就凍死了。我正在想該怎麼把你給弄出來。不過，這場暴風雪倒是解決了這個問題。來吧，我們得再試著走到聖殿那裡。」

我躊躇不前。

「怎麼了？」威爾問。

「寅還在那裡，」我回答：「他受傷了。」

威爾想了一會，我們回頭望著營區。「他們會組成一支搜索隊，」他說：「我們沒辦法回頭了。必須晚點再想法子救他。如果不先離開這裡，搶在張上校之前找到聖殿，就什麼機會也沒了。」

「塔西怎麼了？」我問。

「雪崩一發生我就和他失散了，」威爾回答：「但稍後我曾看到他獨自一人往山上爬。」

我們走了兩個鐘頭以上。奇怪的是，我們一走出中國人的營區那一帶，風勢便開始轉弱，雖然雪依然猛烈地下著。一路上，我告訴威爾寅在帳棚裡說的每句話，以及我和張上校之間的對話。

我們終於走到之前雪崩的山區。這回我們安然經過，來到西邊更高的山上。

威爾領著我，又往上爬了兩小時，兩人一言未發。最後，他停下腳步，坐在一墩大雪堆後休息。

我們對看了一陣子，兩人都呼吸急促。最後威爾面露微笑說：「你現在明白寅說的話了嗎？」

我沉默不語。即使目睹這些話在張上校身上展現效果，我還是很難相信這一切。

「我發出了太多的負面禱告，」最後我說：「所以張上校才能追蹤到我。」

「如果我們兩個沒辦法克服這個問題，就無法有所進展，」威爾說：「要想進行第四個延伸的其餘部分，我們必須保持在高能量狀態。我們必須非常小心，不去觀想心懷恐懼的人邪惡的一面。我們必須如實地看待他們，同時小心謹慎，但是，如果我們老想著他們的行為，或想像他們即將傷害我們，那就會將能量送到他們的想像中，讓他們真的做出我們所期望的舉動。這就是為什麼我們強調不可放任自己想像不好的事發生在自己身上。因為期望本身就是一種禱告，會創造出我們所預期的事件。」

我搖搖頭，心裡清楚我仍抗拒著這種想法。如果這是真的，那我們每個人不就像承受著千石重荷一樣，要小心看管每個念頭。我把這樣的疑慮說給威爾聽。

他差點笑了出來。「我們當然得監控每個念頭。我們一定得這麼做，才不至於錯失任何重要的直覺。況且，我們只須做到回歸有意識的警覺狀態，並且時時觀想每個人的意識都提升了。傳說說得一清二楚。要想讓禱告能量延伸到極致，就不能負面地使用這種能量。除非我們能完全克服這個問題，否則我們無法有所進展。」

「你對傳說知道多少？」我問。

在回答問題的同時，威爾也開始回顧他這一趟冒險經歷。這次，他描述得比之前更詳盡。

「剛到你家時，」他開始說：「我的思緒一片混亂。我不明白為什麼我的能量比我們在探索第十個覺悟時低落。然後，我興起到西藏的念頭，後來就發現自己到了瑞格登喇嘛的寺院裡。我在那裡遇到了寅，也聽說了他們所做的夢。我實在不明白個中原由，但我自己也做過類似的夢。我知道你也牽涉其中，這裡有事等你來完成。就在這時，我開始仔細研究那些傳說，並學習禱告延伸。本來我已準備好在加德滿都和你碰面，但我發現有中國軍人在跟蹤我，於是我請寅代勞。我必須相信我倆終究會找到對方。」

威爾停了一會，拿出一件白色汗衫，重新包紮膝蓋上的傷口。我看著身後一望無垠的白色山巒。有一剎那，天空撥雲見日，早晨的陽光照射在山脊上，彩繪出漣漪般的色澤，從明亮的山頂，到深暗的山谷。這般景象令我肅然起敬。很奇怪的，我開始覺得置身此地就像回到家裡一樣，彷彿某部分的我終於了解了這塊土地。

我回頭看威爾，他正注視著我。

「也許，」威爾說：「我們需要複習一下傳說對禱告能場的說法。我們必須了解這一切是如何串連在一起的。」

我點頭同意。

「一開始，」他說：「是要我們明白禱告能量是確有其事，它從我們身上流散出去，影響了這個世界。

「一旦領悟這一點，我們就能理解，這個能場——亦即我們對世界的影響力——是能被擴展的，但我們必須先從第一個延伸開始。我們必須先改善吃進體內的能量品質。重口味及加工過的食品，會在我們的分子結構中累積酸性物質，降低能量的振動頻率，最後導致疾病。新鮮的食物則會產生鹼性物質，提高能量振動。能量振動愈純淨，就愈容易連結體內更微妙的能量。傳說提到，我們將學會持續不斷地吸入這種較高層次的能量，並以對美的覺知程度來衡量自己的層次。能量層次愈高，我們看到的美就愈多。同樣的，我們也能學會去觀想更高層次的能量從我們體內流出，散播到世界上，而衡量的標準，是愛的情感狀態。」

威爾接著說：「就這樣，我們與內在連結，就如我們在祕魯時學到的。只不過我們現在學到了，藉由觀想能量是一種先我們而行的能場，我們就能隨時保持強大的能量。當我們設定好這個已延伸的禱告能場，使生活中的同步事件更為流暢時，第二個延伸就開始了。要做到第二延伸，我們必須保持一種有意識的警覺狀態，並期待那些將我們生活往前推動的直覺或機緣出現。這種期望會將我們的能量往前方傳送，讓它變得更強，因為此時我們的意圖，與宇宙本身為我們設定的成長、進化過程相符合。」

他又說：「第三個延伸牽涉到另一種期望：我們的禱告能場向外發散，提升了其他人的能量層次，將他們拉高到與內在的神性結合，進入更高自我的直覺中。當然，這也提高了他們提供給我們直覺訊息的可能性，因此也提升了我們同步性的層次。這種人際倫理我們在祕魯時就已學到，只不過我們現在知道該如何運用禱告能場，使這種人際倫理更強大。接下來，當我們學到，**儘管處於恐懼或憤怒的情緒中，我們仍需穩住並維持向外流出的能量**，第四個延伸就開始了。要做到這點，我們必須在事件發生時保持出離的態度——即使我們期望這個過程能持續下去。**我們必須隨時尋找積極的意義，而且無論發生任何事，永遠、永遠都要期望這個過程來拯救我們**。這樣的心理有助於我們將心力放在事件的流動上，而不會老想著『如果失敗了會發生什麼事』的負面意象中。一般來說，如果發現腦中出現負面的影像，我們必須先考慮這是否為一種直覺警告，如果是，就必須採取適當的措施。但我們也必須隨時回歸到一種期望心理，相信有種更高層次的同步性將引導我們度過難關。這能穩住我們的能場以及外流的能量，而所憑藉的方法，是一向被稱為『信心』的有力期望。」

他繼續說：「總而言之，第四延伸第一部分的內容是，無時無刻都要將能量保持在強而有力的狀態。一旦掌握了這一點，我們就能再往前進，更進一步地延伸自己的能量。當我們全心全意期望人類世界能朝第十項覺悟所提到的理想境界，以及香巴拉所展現的模範社區演化時，第四個延伸的下一步驟就開始了。要以上述方式讓能量往外延伸、變得更強，需要真正的信心。這就是為什麼了解香巴拉是如此地重要。知道香巴拉已經達到這種境界，能夠擴展我們的期望，讓我們相信其餘的人類文化也能做到。我們隨時都能看到世界各地的人如何掌握科技，並利用科技來促進人類的心靈發展，然後開始專注在生命過程本身，以及我們之所以來到這個星球的原因：我們要在地球上創造出一種文化，這種文化能意識到我們在心靈進化過程中扮演的角色，並將這樣的領悟傳授給後代子孫。」

他停下來，看了我一會。

「現在到了最困難的部分了，」他說。「要想更進一步擴展能量，光是保持正面想法、避免負面事件的意象，是不夠的。我們必須將與他人有關的所有負面念頭逐出腦海。你已經知道，一旦我們讓恐懼的情緒轉變成憤怒，落入想像別人最卑劣的一面這種思緒裡，負面的禱告便會散發出去，對方就很可能做出我們所期望的舉動。這就是為什麼期望學生表現優異的教師，通常就會教出表現良好的學生；而對學生懷抱負面期望的教師，通常也將看到行為偏差的學生。多數人相信，在人前說長道短是不好的行為，但是如果只在心裡批評他人，就沒什麼關係。然而我們現在知道，在心裡道人長短也不可以；思想是有力量的。」

威爾說這些話時，我想到近年來美國校園發生許多學生槍擊事件。我把我的想法告訴威爾。

「任何地方的孩童，」他說：「現在都是最有力量的時候。師長們不能再漠視校園內一再發生的結黨與叛逆行為。當某些小孩被看不起、受嘲弄、或被犧牲時，這種負面禱告對他們的影響，比任何時候都劇烈。現在他們不時爆發式地反擊。這不只發生在孩子身上，也發生在世界各地的人類文化當中。唯有了解禱告能場的影響，我們才能理解所發生的事。我們每個人都逐漸變得更有力量，因此，如果我們並未徹底了解自己的期望，一不留神，就會對他人造成莫大的傷害。」

威爾停下來，挑了挑眉毛。「我想，我們就是這樣走到這一步的。」

我點頭。這時我才發現我有多想念他。

「傳說是否提到我們接下來要做些什麼？」我問。

「再來要做的是我最感興趣的主題，」他回答：「傳說提到，我們必須完全承認空行母的存在，才能進一步擴展自己的能場。」

我馬上告訴他，來西藏之後，我常見到一些奇怪的人影和發亮地帶。

「來西藏前你也有過這種經驗。」威爾說。

他說得沒錯。我們在尋找第十項覺悟時，似乎有些怪異的光束在幫助我。

「沒錯，」我說：「當我們在阿帕拉契山的時候。」

「在祕魯的時候也遇到過。」他補充。

我試著回憶，但什麼也想不起來。

「你告訴過我，有一次你走到一個岔路口，不知該選哪條路，」他說：「結果有條路看起來比較亮，閃閃發光，於是你就選了那條路。」

「對喔，」我說，那次經驗變得歷歷在目：「你認為那是空行母嗎？」

威爾站起來，背起背包。

「沒錯，」他說：「空行母就是我們之前看到，引導我們方向的靈光（luminosity）。」

我愣了一下。這表示，當我們看到一個發光物體，或一條似乎比較亮、比較吸引我們的道路，或見到一本特別醒目、使我們眼睛一亮的書——這些都是空行母的傑作。

「傳說還說了些什麼？」我問。

「傳說還說，無論我們如何稱呼他們，他們在每個文化、每個宗教裡，都是一樣的。」

我對他投以不解的眼光。

「我們可以稱他們為天使，」威爾繼續說：「但不管他們被稱為空行母或天使，所指的都是同一種靈體……而且他們也以同樣的方式執行任務。」

我還想問問題，但威爾匆匆忙忙往山上走，一路上閃避過雪深的地帶。我尾隨在後，腦袋裡閃過數十個疑問。我不想就這樣終止談話。

威爾一度轉頭看我。「傳說提到，有史以來，這些靈體就一直在幫助人類，而且每一種宗教的神祕文獻都曾提到他們。根據傳說，如果我們真正地承認了他們，空行母就會讓世人更了解他們，我們也就更容易感受到他們的存在。」

他特別強調「承認」這兩個字，讓我覺得這兩個字隱含特殊的意義。

「可是，我們該怎麼做呢？」我爬過一塊突出於路上的大石，問道。

威爾在我前頭停下，等我趕上，他說：「根據傳說，我們必須發自內心相信他們的存在。這點我們現代人很難做到。把空行母或天使想成很有意思的主題是一回事；但期望他們能出現在我們生活中，又是另一回事。」

「那你說我們該怎麼做？」

「提高警覺，注意每個靈光的陰影。」

「這麼說來，如果我們維持高能量狀態，並承認空行母的存在，」我說：「我們就能看到更多的靈光囉？」

「沒錯，」他說：「難就難在我們要訓練自己在周遭景物中，尋找微妙的光影變化。

不過，一旦去做，我們就更能察覺這種變化。」

我思索他說的話。我大致了解個中道理，但仍有個疑問。「那麼，」我問：「有時候我們並不期望他們出現，或不承認他們，但空行母或天使仍舊直接介入我們的生活，這又作何解釋？我就遇過這種情況。」

接著我告訴威爾，之前我和寅在阿里北方，寅把我推出吉普車時，有個身材高䠷的人影站在那兒；後來在荒廢的寺院裡，在我進入香巴拉之前，有堆營火升起時，那個人影又再度現身。

威爾邊聽邊點頭。「看來是你的守護天使出現了。傳說提到，我們每個人都有位守護天使。」

我停頓片刻，看著他。

「那麼，那些神話是真的囉，」我終於開口：「每個人都有一位守護天使？」

我的思緒飛快奔馳。這些靈體的真實性從未如此刻這般清晰。

「但是，為什麼他們有時候會幫助我們，有時候卻不出現呢？」我問。

威爾挑起眉頭。「這個嘛，」他說：「就是我們到這裡來所要發掘的祕密囉。」

我們就快抵達山頂。在我們後方，太陽即將衝破濃密的雲層，氣溫似乎正逐漸上升。

「有人告訴我，」威爾在即將攀上山頂前停住，說：「聖殿在這座山頭的另一邊。」

他停住，看著我。「這也許就是最難的部分。」

他的話聽起來隱含不祥的預兆。

「為什麼？」我問：「你的意思是？」

「我們必須將所有的延伸結合在一起，盡量保持強大的能量。傳說提到，唯有讓能量保持在夠高的層次，才看得到聖殿。」

就在這當口，我們聽到遠方傳來直升機的聲音。

「也別忘了你剛學到的，」威爾說：「如果你開始想像中國軍人邪惡的一面，如果你覺得生氣或厭惡，就必須馬上把注意力轉移到每個軍人身上隨時可能浮現的靈性。觀想能量從你體內流出，進入他們的能場，讓他們提升到一種能與內在靈光連結的境地，這麼一來，他們就能發覺自己較高的直覺。反此道而行的作法，則是發送負面禱告，供給他們更多能量來表現邪惡。」

我點點頭，低頭思考。我下定決心要維持正面的能場。

「先把這事擱在一旁。現在，要先承認空行母的存在，期望靈光出現。」

我望著近在眼前的山頂，威爾對我點頭示意，便帶領我往前行。抵達山頂時，我們發現，山的另一邊除了層巒疊障、白雪皚皚的山峰谷壑之外，什麼都沒有。我們仔細地環顧四周。

「在那裡！」威爾指著左邊喊道。

我仔細一看，山頂邊緣似乎有個物體正隱隱發著亮光。我試著直視它，那一整塊區域似乎都在發光。但當我用眼角看那物體時，卻發現是那塊空間本身在發光。

「走吧。」威爾拉起我的手臂。我們踩過深雪，走到之前看到的發光地帶。我們走得愈近，那裡似乎愈亮。在它後方，岩石裸露的高大山頭綿延不絕，從遠處看，每個山頭似乎並排而立，然而近看就發現有座山頭較為後縮，露出一條狹窄的山徑，盤著山頭彎向左邊，再順著山坡往下延伸。等走到這條小徑時，我們發現這裡其實是一階階由石頭切割而成、往下伸展的石梯。這座石梯看起來同樣閃閃發光，而且石階上滴雪不沾。

「空行母正在知會我們該往哪裡走。」威爾說，繼續拉著我往前走。

我們低頭穿越入口，循著石階往下走。石梯兩側矗立著二、三十呎高的陡峭岩面，遮蔽了大半光線。我們在石梯上步行了一個多鐘頭，一路往下走，最後，峭壁在我們頭頂上方開展。

前方數碼，地面一片平坦，石階也到此終止。我們發現自己正面對著一座光滑的崖壁，是從石梯左側的岩面延伸出去的。

「在那裡。」威爾指著前方說。

前方兩百碼似乎坐落著一座古老寺院，已成廢墟一片，彷彿荒廢了數千年之久。我們往寺院走去，氣溫愈來愈暖和，一縷縷薄煙從岩石地面裊裊升起。懸崖在寺院前方伸展開來，成為一片嵌入山壁的寬廣岩塊。抵達寺院廢墟後，我們小心翼翼地走過崩塌的牆面和巨大的石塊，一直走到另一端。

到了那裡，我們驟然止步。原先崎嶇的岩面，現在由一塊塊淡琥珀色的石磚所取代，這些平滑的石塊平整地擺放在我們腳下的地面。我瞄了威爾一眼，他直視著前方。

聳立眼前的，是一座完整的寺院，高五十呎，寬一百呎，外觀呈現斑駁的褐色，牆上石塊與石塊間的接縫，形成一條條灰色的紋路。正面有一扇高聳的大門，高十五或二十呎。朦朧霧色中，在這座寺院附近，有物體移動的影子。我看著威爾，他點了點頭，示意我跟著他走。我們在離寺院不到二十碼的地方停下。

「剛才在移動的是什麼東西？」我問威爾。

他頭斜向我們前方的區域。在不到十呎遠的地方，閃掠過某個形影。

我用力看，勉強看出那是個人影。

「一定是住在寺院裡的高人，」威爾說：「這個人的振動頻率比我們高，所以我們只能看到模糊的影像。」

這個人影走到寺院門口便消失不見。威爾帶著我，也往門口走去。這扇門似乎是由某種石頭所做成，可是當威爾握住石雕門把，將門拉開時，它卻輕輕地滑開，好似一點重量也沒有。

進去是一間圓形的大房間，一層層弧形階台向下延伸，中央是一塊貌似舞台的區域。我環顧室內，看到在通往舞台半途的石階上有另一個人影，不過這次這個人我們可以很清楚地看見他。

他轉過頭來，我們看到了他的臉。是塔西。威爾已朝他走去。

我們還沒走到塔西那邊，室內中央正上方突然出現了一扇時空窗。窗內的影像愈來愈清晰，吸引了我們注意，光芒太耀眼，我們再也無法看到塔西。窗內，是從太空鳥瞰地球的景觀。

場景更迭迅速，首先出現的是歐洲某座城市的景觀，接著是美國某市中心區，最後是亞洲某市區。每個場景中，我們看到忙碌的街道上熙來攘往的人群，還有在辦公室或其他工作場合的人。當場景再次在地球上各區域的城市間轉換時，我們可以看到，裡頭的人在工作或與人互動時，他們的能量層次也漸次提升。

我們開始看到、也聽到一些人依循自己的直覺轉換工作，這麼做的同時，他們的靈感愈來愈強，創意也愈來愈高，於是發明出更新、更便捷的科技，創造更有效率的服務。同時，我們也開始看到有些人仍處於恐懼中，他們不僅抗拒變化，更企圖掌控一切。

接著我們看到一間研究機構，裡頭有間會議室。一群人，有男有女，正激烈地爭論著。我們看著、聽著，他們討論的內容變得愈來愈清晰。與會人士大多贊成某幾家大型通訊電腦公司與某間國際情報機構結盟。來自這個情報機構的代表聲稱，想對抗恐怖主義，就必須控制所有的電話線路——包括網際網路通訊——以及每一台電腦裡的祕密身分辨識器，如此政府當局才能監控所有人的檔案。

還不只這樣。他們還想擁有更多的監控系統。其中有些人甚至提議，如果電腦病毒的問題仍未解決，可能就必須完全接收網際網路及世界各地連線的商用電腦，這樣就能控制電腦存取。想上網的人必須先擁有一組特別的辨識號碼，才能從事電子商務交易。

其中一人提議，或許還必須運用新的辨識系統，如眼球或掌紋掃描器，甚至是某種掃描腦波模式的機器。

另外兩人，一男一女，開始激烈地發言，反對以上措施。其中一人提到新約啟示錄和野獸的印記❼。我們繼續看著、聽著，此時我發現我可以看透會議室的窗戶。有輛車正行駛在緊鄰這棟建築的馬路上，背景是仙人掌和綿延數哩的沙漠。

我看著威爾。

「這場討論目前正在發生，」他說：「不知道是在哪裡。看起來好像是美國西南部。」就在那群人集會的桌子後方，我注意到有異樣。他們周圍的空間變得比較大。不對，是變得比較明亮。

「空行母！」我對威爾說。

我們繼續觀看，這場對話開始有所轉變。反對極端監控的那兩人似乎開始贏得那群人的注意。原本贊同極端控制的人似乎也在重新考慮。

突然間，一陣天搖地動，震撼了地面和寺院牆壁，也分散了我們觀看眼前影像的注意力。我們急忙朝建築末端的另一扇門跑去，試著在漫天煙塵中看清楚。我們聽到外面石頭崩碎、掉落的聲音。跑到離門三十呎遠的時候，門突然敞開，有個我們無法看清楚的人影一閃而過。

「一定是塔西。」威爾衝到門邊，把門拉開。

我們跑過這扇門，身後一陣石頭崩落的轟隆聲。我們最初看到的古老廢墟，瓦解成一堆堆的石塊與煙塵。廢墟後方傳來直升機的低吼聲。

「張上校似乎又追上我們了，」我說：「可是我心裡只想著正面的影像啊！他到底是怎麼追到的？」

威爾懷疑地看著我。我想起張上校說過，他現在有了腦波掃描的儀器，手上握有我的腦波。我是逃不掉的。我簡略地告訴威爾這件事，然後說：「也許我該走另一個方向，引那些軍人離開聖殿區。」

「不行，」威爾說：「你必須待在這裡。我們會需要你。我們必須搶在那些軍人之前先找到塔西。」

我們順著一條石頭小徑往前走，途中經過好幾座寺院，最後我發現我的視線停留在左方的一扇門上。

威爾轉身看著我。

「你幹嘛看著那扇門？」他問。

「我也不知道，」我回答：「它吸引了我的目光。」

他拋給我一個遲疑的眼神。

「喔，對啦，沒錯，」我很快地說：「走吧，去看看。」

我們跑進門，發現另一個圓形房間，不過這間比較寬敞，直徑也許數百呎。屋內中央正上方，飄浮著另一扇時空窗。我們一走進去，我就看到塔西在右邊幾碼外的地方，

❼出自《新約．啟示錄》第13章：「這獸又強迫所有的人，無論大小、貧富、奴隸或自由人，在他們的右手和額上打了印記。」

於是用手肘碰了碰威爾。

「我看到了。」威爾說。在幾乎伸手不見五指的室內，他帶著我朝塔西走去。

塔西回頭看到我們，鬆了一口氣似的露出微笑，之後便繼續看著時空窗內的景象。這次我們看到了一個充滿青少年物品的房間：照片、各種球類、各式各樣的電玩、成堆的衣服。角落擺著一張凌亂的床鋪，一個外帶的披薩盒散落在桌子一角。桌子另一邊，有位十五歲左右的青少年正埋頭做著有線裝置之類的儀器。他打著赤膊，穿著短褲，臉上的神情憤怒而堅決。

我們繼續觀看。時空窗內的景象換成了另一個房間，一個穿著運動衫、牛仔褲的少年正坐在床緣盯著電話。他站起來，來回踱步好幾趟，然後又坐回床上。我感覺他正掙扎於做與不做之間。最後，他拿起電話，撥了個號碼。

這時，時空窗變寬了，我們可以同時看到兩個場景。打赤膊的男孩接起電話，穿運動衫的少年似乎在懇求他，男孩變得更生氣，最後，他把電話一摔，坐下，又開始在桌前埋頭苦幹。穿運動衫的少年站了起來，穿上外套，急忙走出門外。幾分鐘後，打赤膊的男孩聽到敲門聲，站起來走到門口開門。原來是穿運動衫的少年。打赤膊的男孩想把門關上，但另外那位少年卻硬是把門推開，走進房內，繼續以懇求的姿態和他交談，手指著桌上的儀器。

男孩推開他，從抽屜裡取出一把槍，槍口對著來訪的少年。少年往後退了幾步，但仍繼續懇求。拿著槍的男孩怒氣爆發，把來訪的少年推到牆邊，用槍管抵住他的太陽穴。

就在這時，我們察覺到這兩位男孩後方的區域起了變化：那個地方正在變亮。

我看了塔西一眼，他的視線瞬間與我交會，然後再次專注地看著眼前的場景。我們兩人都知道，我們又再度目睹了空行母發揮影響力。

我們看著來訪少年繼續哀求，另一位少年則緊緊地把他壓在牆邊。但漸漸地，拿槍的男孩緩和了下來，最後，他把槍扔到一旁，走到床邊，在床緣坐下。那位少年則在一張椅子上坐下，面對著他。現在，我們可以聽到他們的談話內容，原來情況是這樣的：拿槍的男孩希望學校同學能接納他，但事與願違。他的許多同學課外活動表現優異，才華得以發揮，但他卻毫無迎頭趕上的信心。他們嘲笑他，說他一事無成，他覺得自己是個無名小卒，愈來愈不受重視。這令他氣憤不已，於是他對力量有了錯誤的認知，決定要反擊回去。之前他埋頭組裝的，是一枚自製炸彈。

和在前一個房間一樣，我們又感覺到腳下的地板開始劇烈晃動，整棟建築物都在搖晃。我們三人都往門口跑去，才到門口，半座寺院就在我們後方倒塌。

塔西示意我們跟著他。我們跑了好幾百碼，最後在一面牆邊停住。

「你們看得到聖殿裡的人？」他問道：「正在傳送禱告能量給那兩位男孩的那些人？」

我和威爾都說我們看不到。

「那裡有好幾百人，」他說：「他們正在處理青少年憤怒的問題。」

「他們究竟在做什麼？」我問。

塔西走向我。「他們在延伸禱告能量，觀想那兩個男孩提升到更高的振動層次，這樣他們就能超越自己的恐懼與憤怒，找到更高的直覺來解決當時的情況。這些人的能量幫助另一位少年找到最好、最有說服力的觀念。而對原先那位男孩，這份額外的禱告能量將他提升到另一種身分認同，這身分是在他受同儕排拒的社會自我（social self）之上。他不再認為自己需要同儕認同才能成為了不起的人。這想法降低了他的怒氣。」

「另一座聖殿的人也是在做這件事嗎？」我問：「他們幫那對男女對抗想控制一切的那些人？」

威爾看著我。「聖殿的人傳送出一種禱告能場，提升每一位與會者的能量層次，這種能場減緩了那些急切想監控一切的人的恐懼，同時也幫助那些反對監控一切的人，使他們有勇氣在那種組織內發言。」

塔西點頭。「這些景象是要給我們看的。我們必須掌握住這類關鍵情況——如果我們想讓心靈進化繼續下去，如果我們想度過這個歷史危機時刻。」

「空行母呢？」我問：「他們在做什麼？」

「他們也在幫助人類提升能量層次。」塔西回答。

「這麼說是沒錯啦，」我追問：「但我們還是不知道他們何時會出現，何時會採取行動。聖殿裡的那些人所做的其他事情，我們也不知道。」

此時空氣中傳來一聲巨響，我們後方殘存的半座聖殿也崩塌倒地。

塔西不情願地跳起來，急忙沿著小徑往前走。

「走吧，」他說：「我們必須找到我祖母。」

11 香巴拉的祕密

我們在聖殿區徘徊數小時，尋找塔西的祖母。我們腳步急促地走著，為的是不讓中國軍隊追上我們，同時我們也在觀看聖殿裡的人所做的事。每棟聖殿裡，都有人正注視著外界文化發生的某個關鍵狀況。

其中有間聖殿專門處理與青少年疏離感有關的問題——由電影、殺手電玩所引發的暴力事件，這些電影、電玩令人有種錯覺，以為盛怒時可以採取暴力行為，之後整件事還能消去重來，永遠不可能真的結束。這種虛幻的真實，是校園槍擊事件的核心問題。

在這座聖殿中，我們看到了能量被傳送到設計這些電玩的人身上。與之前所見相同，這股能量將這些人提升到更高的直覺感知層次，有了這種覺知之後，他們就能重新思考他們設計的產品對兒童的影響。同時，這些兒童的父母也被提升到更高的能量層次，他們開始檢視自己的直覺，察覺自己小孩在做些什麼，因而騰出更多時間為他們示範一種不同的現實。

有一座聖殿則專注在目前另類預防醫學在醫學界所引發的爭議。另類預防醫學已被證實有助於消滅疾病、延長壽命。然而，醫學界的守門人——各個國家的醫療組織，民間研究機構主席，發放鉅額補助金的國家衛生所，以及製藥公司等——卻都是根據十八世紀的典範（paradigm）運作，這種典範旨在對治疾病，並無「防範未然」的觀念。

傳統醫療界所處理的，是各種病菌、有缺陷的基因，以及惡性腫瘤細胞——大多數人認為這些問題是年齡增長必然的結果。由於抱持這種觀點，政府補助金大多流向大型研究機構，這些機構所研發的是神奇子彈，也就是能殺死病菌、摧毀惡性腫瘤細胞，甚至是重組基因，並能取得專利、在市面上販售的藥物。而致力增強免疫系統、尋求預防之道的另類醫療研究機構，卻半毛錢也分不到。

在我們所觀看的場景中，有一幕是一場會議，與會者來自各醫療領域。有些科學家主張整個醫療界都必須改變想法——倘若他們還想解決人類疾病的謎團，包括心臟疾病的動脈病灶、癌症腫瘤，以及關節炎、紅斑性狼瘡、多重硬化症（multiple sclerosis，簡稱ＭＳ）等變性疾病（degenerative illness）。

這些科學家主張——韓之前也說過——各種疾病的真正成因，是我們所吃的食物及其他毒素汙染了基本體質，使身體從健康、振動、鹼性的年輕狀態，轉為缺乏活力、能量低落的酸性狀態，造成適合微生物滋生的條件，於是微生物開始有系統地分解身體。他們認為所有疾病都是微生物緩慢分解人體細胞的結果，但微生物不會無端攻擊人類。這些問題的肇端，是我們所吃的食物。

這種論調，其他與會的人難以接受。一定是哪裡出了問題，他們心想。人類生病的原因哪有這麼簡單？他們與健康產業掛勾，這個產業看著消費者砸下大筆金錢，購買成分複雜的藥品，請醫生施行昂貴的手術。會議室內的健康官員必須相信這一切都是必要的。其中有些官員大力主張：在人體內植入晶片，用來儲存健康與藥物資訊；這類似於情報機構所想握有的控制和身分辨識力，而許多國家很有可能實施這類措施。他們推行此項計畫不遺餘力；他們的權勢地位全在此舉：他們的生存空間正受到威脅。

除此之外，他們本身也很喜歡目前的飲食方式。他們怎能建議別人改變成連他們自己都無法做到的飲食習慣呢？不可能，他們不接受。

然而，懷抱新研究理念的科學家仍繼續為自己的立場辯護。他們知道，當前的民意趨向正有利於改變長久以來的典範。你瞧，為了讓西方國家飼養肉牛，雨林快被砍伐殆盡了，他們如此說道，已有愈來愈多人注意到這個問題。

另一項有利的事實是，每個國家的嬰兒潮世代正逐步邁向容易罹患疾病的年紀，而這群人早已見到傳統醫療機構是如何讓他們的父母失望。他們正在尋找另類新療法。

慢慢地，我們看到會議室裡的爭論漸趨緩和。與會人士正傾聽主張另類療法的那些人在說些什麼。

在另一棟聖殿裡，我們目睹了法律界類似的爭論。一群律師力促法律界著手清除害群之馬。多年來，有聲望的律師袖手旁觀，看著許多同僚牽扯在公司行號的訴訟案件當中，為了隱蔽真相而遊說證人，捏造辯詞，誤導陪審團。現在出現了一種提高標準的運動。有些律師主張，他們必須對自己的職業有更高的期許；他們必須了解，律師應該做的是減少衝突，而非鼓勵衝突。

我們還看到好幾座聖殿裡在上演許多國家內政腐敗的景象。我們看到華盛頓特區所選出的官員，正閉門討論是否該支持金融改革運動。其中最受爭議的，是政黨與利益團體掛勾，毫無限制地收受獻金，再把這筆錢花在電視節目上，以他們想要的方式扭曲真理。政治人物依賴大財團給予金援，顯然必須回報某種利益。所有人對此心知肚明。

這些政客反對改革者的論辯。改革者認為，除非民主不再立基於扭曲的電視廣告，而是以公開辯論的方式為基礎，否則民主政治永遠無法臻於完美。公開辯論使選民得以見到候選人的舉止、臉部表情及真誠與否，因此更能運用直覺選出最好的候選人。

我們繼續在聖殿區走著，逐漸明白每一座聖殿都專注於人類特定的生活領域。我們看到許多心懷恐懼的世界領袖——包括中國政府的那些人——受到幫助，成為國際社會的一員，實行經濟和社會改革。

在各個事件中，相關人士背後的區域會變亮，然後，處心積慮想控制、操控他人，以確保個人利益或權力的那些人——他們多半處於恐懼當中——將逐漸緩和自己的立場。

我們繼續在迷宮似的聖殿區跑著，尋找塔西的祖母。相同的問題一遍遍閃過我腦海。這裡到底在進行什麼事？空行母或天使，與展現在我們眼前的禱告延伸究竟有何關聯？聖殿裡的這些人，到底知道哪些我們所不知道的祕密？

有一瞬間，我們就站在那裡，面對著放眼望去綿延數哩的聖殿區。山徑往各個方向延伸。我們仍可聽見後方傳來直升機的聲音。我們站在那兒，剎那間，後方五百呎處，又有一座大聖殿倒塌。

「聖殿裡的人會怎樣？」我問塔西。

他瞪視著自滿地碎石堆中冉冉升起的煙塵。「別擔心，他們沒事。他們可以挪移到別的地方而不被人看見。問題是，他們傳送能量的工作中斷了。」

他看著我和威爾。「如果他們無法傳送能量，那誰來接手呢？」

威爾走向塔西。「我們必須決定該往哪裡去。時間不多了。」

「我祖母應該就在那裡，」他說：「我爸爸告訴我，她在最核心的一棟聖殿中。」

我看著迷宮般的石頭建築。「可是這裡沒有所謂的核心區啊，我看不出來。」

「不是這個意思，」塔西說：「我父親的意思是，我祖母是在專注『人類進化』此一核心、終極議題的聖殿裡。」塔西邊說邊掃視遠方的聖殿。

「你比我們更能看到這裡的人，」我對他說：「你能不能問他們我們該往哪裡去？」

「我曾試著和他們交談，」他答道：「但我的能量不夠強。如果我能待久一點，也許就有辦法。」

塔西才剛說完，又有一座聖殿崩塌倒地，這次離我們更近。

「我們必須保持在中國軍隊的能量前方。」威爾說。

「等一下，」塔西說：「我想我看到了。」

他看著迷宮般的聖殿。我也環視四周，卻沒發現什麼異樣。我看了威爾一眼，他聳聳肩。

「在哪裡？」我問塔西。

他已經走到右邊的一條小徑，示意我們跟著走。

快步走了二十分鐘之後，我們停在一座聖殿前。這棟聖殿的建築結構與之前看到的聖殿並無二致，只是它的面積較廣，深褐色的石塊隱隱閃著藍色光澤。

塔西一動也不動地站著，盯著這座聖殿巨大的石門。

「塔西，怎麼了？」威爾問。

身後又傳來一棟聖殿倒塌的聲響。

塔西轉頭看我。「你夢到的聖殿——你說我們在那裡發現某個人的那座聖殿，是藍色的嗎？」

我再度注視著這座聖殿。「沒錯，」我說：「是藍色的。」

威爾走到門口，回頭看著我們。

塔西點點頭，於是威爾推開這塊靠鉸鍊拉動的大石板。

聖殿裡擠滿了人。和之前一樣，我只看得到隱約的人形輪廓。他們似乎都在走動，並聚集在我們四周，我感覺到渾身充滿一股強烈的喜悅感。我覺得他們似乎正轉身朝向聖殿中央，於是我也往同一個方向轉。我看到一扇時空窗打了開來，首先出現的是中東各地的景象，接著是梵諦岡，然後場景移到亞洲。所有的影像似乎都顯示，各大宗教之間的對話正日漸頻繁。

我們看到的影像，顯示出宗教間的包容性正逐漸增加。基督教徒——包括天主教和新教——開始了解到，基督教真正的皈依經驗，與東方各宗教，及猶太教、回教——這種經驗本身——真正的奉獻與啟發經驗，其實完全相同。只不過各個宗教對於與神的玄祕互動，所強調的面向有所不同。

東方各宗教強調的，是意識本身所造成的影響、看見靈光的經驗、天人合一的感覺、自我欲望的釋放、以及某種出離的態度。回教強調的是一種統合感，這種感覺緣於與他人分享這種經驗，也來自於原本就存在於群體活動中的力量。猶太教強調傳統的重要——這種傳統立基於與神的結合——並強調感覺自己是上帝選民的重要性，另外也強調每個活著的人，都必須擔負起推動人類心靈進化的重責大任。

基督教所強調的觀念是：在人類身上顯現的心靈，並非只是以逐漸察覺到自己是上帝一部分的方式呈現，同時也以逐漸認知到自己是一種更高自我的形式顯現——彷彿我們變成了原來的自己的擴張版本，這個版本更完整、更有能力，有著引導我們行為的內在指引與智慧，宛如上帝的化身——基督——正看穿我們雙眼，直探我們內心。

在眼前的場景中，我們看到了這份新的容忍與統合的效果。漸漸地，各宗教的重心被放在與神連結的經驗本身，而非不同的面向上。每一種宗教似乎都愈來愈願意解決種族與宗教衝突，宗教領袖間的溝通日益熱絡，他們也了解到，如果每個人都延伸自己的能場，促進宗教統合，禱告的力量將可變得多強大。

看著這些景象，我徹底了解了瑞格登喇嘛和阿妮所說有關宗教統合的那番話，他們說，這代表香巴拉的祕密已逐漸為世人所知。

此時，前方的時空窗又轉換成另一個場景。我們看到一群人談笑風生，開心地祝賀小嬰兒誕生。每個人都開懷地笑著，輪流摟抱這個小嬰兒。這些人的外貌懸殊，各代表著不同的國籍。我看著這個景象，清楚地感覺到：這些人同時也代表了不同的宗教背景。我更仔細地觀看，看到了這個嬰孩的父母親。他們看起來很眼熟，面貌五官非常像畢瑪和她先生，但我知道不是他們。

我專注地看，感覺到呈現在我們眼前的景象，意義極為重大。但這到底代表什麼呢？

場景再次更動，現在我們看著的，是某個熱帶地區，看起來像是東南亞，也或許是中國。和前幾次一樣，場景轉換到一間屋子，屋子裡有許多人，外貌各異，他們也正輪流摟抱一位新生兒，並向他的父母親敬酒。

「你不明白嗎？」塔西說：「這就是香巴拉流失的受孕胚胎所到之處。他們到了世界各地的家庭裡。這當中一定有某種通靈過程。這些孩子不知怎地在離開母體之前，就已得到香巴拉較高層次的基因能量。」

威爾看著地面，陷入沉思，然後抬頭看著我們。

「這就是遷移，」他說：「這就是傳說所說的遷移。香巴拉並不是要遷移到別的地方，而是它的能量轉移到世界各地。」

「什麼？」我問。

塔西轉頭看著我。「你知道傳說提到，香巴拉的武士將自東方傾巢而出，打敗黑暗勢力，創造一個理想社會。這並不是指要騎戰馬、揮長劍、打敗敵人；這是當香巴拉的知識傳入這個世界，我們延伸能場之後所引發的結果。如果各個宗教中，深信能與神連結的那些人，都能避免負面禱告，共同努力，這種禱告延伸就能取代香巴拉所扮演的角色。」

「但我們還不知道香巴拉的人做的每件事啊，」我說：「我們還不知道其餘的祕密！」

就在我說這些話的當兒，時空窗內的場景又有了變化。呈現在我們眼前的，是綿延不絕、冰天雪地的山脈，一群中國軍方的直升機正朝我們飛來。直升機逼近時，我們看到更多的聖殿開始崩塌倒地，儼然一副古廢墟的模樣，接著便一起化為煙塵。接著場景轉換到我們這棟聖殿外，然後移至聖殿內。

我們看見自己站在聖殿裡，站在我們身旁的，不再是輪廓模糊的一群人，他們的外貌清晰可見。其中許多人穿著西藏僧侶的正式服裝，但其他人卻做不同的打扮。有些人穿著東方宗教的服裝；有些人穿著哈西德猶太教❽的傳統服飾；有些人穿著長袍，佩戴

❽哈西德猶太教（Hasidiasm）一字在希伯來語中是「虔誠的人」之意，起源於正統猶太教內的復興運動，十八世紀中葉由猶太教神祕家所創。

基督教十字架；另一些人是回教高僧的打扮。

有趣的是，其中一人竟使我想起我住家附近的一位鄰居，我的視線在她身上流連不去。我陷入想家的白日夢中。腦海裡，一景一物都如此清晰：從前窗望去的那片山巒，然後是從噴泉處看去的山景。我想起泉水香甜的滋味，想像自己俯身啜飲泉水。

我們又聽到直升機的轟隆聲，這次非常接近，也聽到了另一座聖殿塌陷倒地的巨響。

塔西已轉身走到我們右邊。在時空窗的場景中，我們可以看到他在做什麼；他正面對著其中一位西藏僧侶。

「那是誰？」我問威爾。

「一定是他祖母。」威爾答。

他們顯然在交談，但我聽不懂他們說的話。最後，他倆互相擁抱，然後塔西便朝我們跑來。

我仍看著時空窗內的塔西，他跑過來後，場景便消失了。時空窗依舊懸掛在空中，但窗內的影像變得模糊不清，如同轉到一個根本就不存在的頻道時，螢幕上會出現的景象。

塔西容光煥發。「你不懂嗎？」他說：「他們就是在這棟聖殿裡，看著你和威爾一路試著找到香巴拉。他們就是用禱告能量幫助你們的那些人。若不是他們，我們沒人到得了這裡。」

我環顧四周，卻發現我再也看不到那些人的身影。

「他們到哪裡去了？」我叫道。

「他們必須離開，」塔西回答，他現在抬頭看著懸在聖殿中央的時空窗，窗內空無一物。「現在一切得靠我們自己了。」

就在這時，一陣劇烈的震盪撼動了整棟建築，外頭好幾塊大石砰然落地。

「是那些軍人，」塔西大叫：「他們到這裡來了。」他看著外面傳來直升機聲響的地方。

剎那間，時空窗突然清楚了起來，我們看到中國軍人就在外面，正走下直升機。張上校走到前頭，對部隊發號施令。我們可清楚看見他的五官輪廓。

「我們必須用自己的能場提升他的能量。」威爾說。

塔西點頭同意，他迅速地帶領我們完成能量延伸的各個步驟。我們觀想自己的能場流出體外，進入那些中國軍人的能場，尤其是張上校的，將他們提升到一種能感應到自己更高直覺的覺識狀態中。

我看著張上校的臉，他似乎楞了一下，然後抬頭往上看，彷彿感受到這股更高層次的能量。

我仔細尋找他臉上更高自我的表情，注意到他的眼神似乎有些轉變，甚至出現一抹微笑。他似乎在環顧那些士兵。

「注意看他的臉，」我說：「看他的臉。」

我們這麼做的時候，他似乎又停頓了一會。有一位軍官——顯然軍階僅次於張上校——走到他身旁，問了一些問題。有一、兩分鐘時間，張上校完全忽視這位軍階較低的軍官。但這位軍官一直指著我們所在的聖殿，張上校逐漸注意到他。張上校似乎恢復了神智，憤怒的表情重回他臉上。他朝我們走來，指示所有軍人跟著他。

「這招不管用。」我說。

威爾看著我。「空行母不在這兒。」

「我們必須盡速離開！」塔西叫道。

「怎麼離開？」威爾問。

塔西轉身面對我們。「我們必須穿越時空窗。我祖母告訴我，我們可以穿過時空窗，進入外面的文化。不過，得要有人在那個地方幫我們提升那一邊的能量才行。」

「她說的幫忙是什麼意思？」我問。「誰會幫我們？」

塔西搖頭。「我也不知道。」

「總之，我們得試試看，」威爾叫道：「快！」

塔西一臉疑惑。

「你們在香巴拉外圍時，是如何穿越時空窗的？」我問。

「我們那裡有增幅器，」他答道：「我不確定沒有了增幅器我過不過得去。」

我把手放在塔西肩上。「阿妮說過，外圍區的人就快達到沒有科技幫忙，也能來去自如的境界了。想想看，你們是怎麼做的？」

塔西仍在掙扎。「我真的不知道。那有點像是一種自然反應。」他停了一下。「我想，我們只要期望它發生，就立刻發生了。」

「就這麼做，塔西，」威爾說，他把頭側向時空窗。「現在做做看。」

我看得出塔西正全神貫注，然後他看著我。「我得先知道我要到哪裡去，這樣我才能觀想那個地方。我們要去哪裡？」

「等等，」我說：「你不是做過一個夢嗎？你不是看到有水嗎？」

塔西想了一會，說：「那是一個可以鳥瞰某個水源的地方，也許是一口井，也許是……」

「噴泉？」我大叫。「用石牆砌成的水池？」

他看了我一會。「應該是。」

我看著威爾。「我知道那是什麼地方。那是我住的山谷北面的一個噴泉。那就是我們要去的地方。」

這時，聖殿再度劇烈晃動。我腦中盡是我們被聖殿倒塌或爆炸時揚起的煙塵吹離地面的影像，但我拋開這種想法，想像我們全身而退。我開始覺得自己像父親一樣，身陷在一場我無心參與，卻因利害關係而無法避免的戰役中。不同的是，我參與的是一場思想戰爭。

「專心，」我喊道：「我們該怎麼做？」

「我們必須先觀想要去的地方，」塔西回答：「你說說看，那是個什麼樣的地方？」

我匆匆告訴他們每個細節：山中小徑、蒼鬱樹林、水流的方式、每年這個時候樹葉的顏色。然後，塔西專注觀想這個意象，我和威爾試著協助他。我們看著時空窗，窗內出現了那個地方的影像。我們可以清楚地看到那池泉水。

「就是那裡！」我叫道。

威爾轉頭看著塔西。「現在呢？你祖母說，需要有那邊的人幫忙。」

此時，影像背景裡出現了一個人影。我們三人都專注地看著那個模糊的影像。我努力想認出那個人。我注意到那個人外表很年輕，年紀和塔西相當。

終於，那個影像清楚了起來，我認出了那個人。

「那是娜塔莉，我鄰居的女兒。」我叫道，回想起我第一次感應到她的情景。那景象和現在一模一樣。

塔西咧嘴笑道：「那是我姊姊！」

就在這時，又有一大塊聖殿牆垣崩塌倒地。

「她在幫我們，」威爾推著我們走向時空窗，吆喝道：「走吧！」

嘶的一聲，塔西彎身走了過去，威爾隨後跟著。當我走近時空窗時，聖殿後牆砰然倒地，牆的另一邊，站著張上校。

我轉頭瞄了他一眼，隨即走進時空窗。

他一把抓起腰帶上的短波無線裝置，神情堅決依舊。

「我知道你會往哪裡去！」他喊叫著。聖殿其餘的部分也紛紛坍塌。「你逃不掉的！」

我穿越時空窗，踏上熟悉的土地，感覺到暖風吹拂在臉上。我回家了。

我四下張望，看見塔西和娜塔莉站在一起，四目交接地凝望對方，急促地交談，臉上洋溢著喜悅，彷彿發現一件新鮮事。威爾站在他們旁邊。

在他們後面的，是娜塔莉的父親——比爾，以及來自社區各處的街坊鄰居，包括布列尼根神父、斯瑞戴夫神父，以及茱莉．卡米蓋爾——一位新教牧師。所有人臉上都一副不解的表情。

比爾走向我。

「我不知道你是打哪兒冒出來的，但感謝老天，你在這裡。」

我指著那群牧師、神父。「他們到這裡來做什麼？」

「是娜塔莉找他們來的。她不斷提到傳說的事，還教我們如何創造禱告能場等等。顯然這些觀念是突然出現在她腦子裡。她說，她看得見發生在你身上的事，我們也看到有人在監視你的住處。」

我抬頭仰望山丘，正打算開口說話，卻被比爾打斷。「娜塔莉還說了些怪事。她說她有個弟弟。和她說話的那個孩子是誰？」

「我稍後再解釋，」我說：「你說誰在監視我的房子？」

比爾沒有答腔。他看著威爾和其他人向我們走來。

此時，我們聽到上方的山丘傳來車輛駛近的聲音。一輛藍色廂型車停在我住處前。兩個人下了車，看到我們，走到我們上方一百呎的一塊突出山崖上。

「他們是中國情報人員，」威爾說：「張上校一定通知了他們。我們必須創造一個能場。」

我等著那些牧師、神父開口詢問能場是什麼，但他們卻只是點頭表示同意。娜塔莉開始帶著我們進行各個延伸的步驟，塔西站在她身旁。

「先從造物主的能量開始，」她說：「讓這個能量流進你體內，充滿你。接著讓它從你頭頂和雙眼流出，以一種持續的禱告能場的形式，流到這個世界上，直到你只看得到美，只感覺到愛。在這種警覺狀態下，期望這個能場往外移，增強山丘上那些人的心靈能場，提升他們的能量，讓他們感應到自己的直覺。」

山丘上那兩人露出邪惡的目光，瞪著我們，並開始沿著山路朝我們走來。

塔西側過頭看了看娜塔莉，然後點點頭。

「現在，」娜塔莉說：「我們可以授權給天使了。」

我瞄了威爾一眼。「什麼？」

「首先，」娜塔莉繼續說：「必須確定我們的能量已經完全設定好要進入山上那兩人的能場。觀看這件事發生。他們不是敵人，他們也是人，是處於恐懼中的靈魂。然後，我們必須完全承認天使的存在，刻意地觀想天使走到那兩人身邊。下一步，是要全心全意地期盼，想像天使增強我們的禱告能場。授權給天使，讓天使強化那兩人更高自我的能量，把他們提升到無法再作惡的覺識層面。」

我望著山坡上的那兩個人，並尋找代表空行母行蹤的明亮區域。我仔細地看，但什麼也沒看到。

「這招沒用。」我對威爾說。

「你看！」他大叫。「在那上面，右邊。」

我朝那方向望去，察覺到有道光芒逼近。我注意到這道光芒是環繞著一個人，這人正朝那兩人走去。被光芒環繞的那個人穿著副警長的制服。

「那警官是誰？」我問比爾。「他看起來很眼熟。」

「慢著，」威爾說：「那不是人。」

我又往山坡上望去，看見那位副警長開始和那兩人交談。那道光芒也圍繞了他們，最後他們走向車子。雖然那位副警長仍留在原地，但那道光芒卻向外延展到那兩人所在之處，環繞著那輛廂型車。兩人迅速離去。

「能量延伸發揮效用了。」威爾說。

我並沒在聽威爾說話。我緊盯著那位副警長，他已轉身面向我們。他個子很高，滿頭黑髮。我是在哪裡見過他呢？

當他要轉身離開時，我突然想到，他就是我在加德滿都游泳池畔見到的那個人，也就是第一位告訴我有關禱告研究的人。我在其他場合見過他好幾次，威爾曾說他是我的守護天使。

「必要時，他們總是打扮成人類的模樣。」塔西說，他和娜塔莉一起往我這兒走來。

「我們剛完成了最後一個延伸，」塔西又說：「我們終於知道香巴拉的祕密了。我們現在可以開始進行香巴拉人所做的事了。他們看著外面的世界，追蹤到正在發生的重要事件，然後居中斡旋，不只是用禱告能場的力量，還用了天使領域的力量。這就是天使的角色：增強我們的力量。」

「我不明白，」我說：「我們在走出時空窗之前曾試著阻止張上校，那時為何無效？」

「那時我還不知道最後一個步驟是什麼，」塔西說：「當時我尚未領悟到聖殿裡的人是在做些什麼。直到我和娜塔莉交談，我才明白。那時我們一直在試著提升張上校的能量，這是有必要的，但我們並不知道要讓天使的力量進入我們的能量，從中介入干涉。我們必須先承認天使的存在，然後，在這種能量層次時，我們必須授權讓他們行動。我們必須有意識地這麼做。我們必須請天使前來。」

塔西在此打住，若有所思地望著地平線，臉上綻放出笑容。

「怎麼回事，塔西？」我問。

「是阿妮和香巴拉的村民，」他說：「他們正在和我們連結。我可以感覺到他們。」他請每個人注意。「我們還能做一件事。我們可以用一般的方式授權給天使，請他們保護這片山谷。」

娜塔莉帶著我們一步步設定特殊的能場，讓這個能場向外流瀉到環繞這片山谷、林木蒼松的各個山頭，並授權給天使，請他們保護我們。

「觀想每一座山頭都站著一位天使，」她說：「香巴拉一直都被保護著。我們也能受到保護。」

接下來好幾分鐘，我們繼續將注意力集中在這片山區，接著娜塔莉和塔西兩人開始另一段熱切的對話，我們側耳傾聽。

他們提到其他來自香巴拉的小孩，也提到這些人必須要覺醒，無論身在何處。他們也告訴我們，此時此刻降臨到這世上的小孩，是有史以來最具力量的。他們更大、更強、更有智慧，展現出一種前所未見的新氣象。比起從前，他們現在有更多人參與課外活動。他們唱歌、跳舞，從事各式各樣的運動、譜曲、寫作。比起前幾個世代，他們有更多人能在年少時候便展現自己的才華。

「只有一個問題。他們期望的效力更強，但他們尚未學習到如何完全控管他們的思想所造成的影響。他們可以學習禱告能場是如何發揮效用的。我們能夠幫助他們。」

我們看著所有牧師、神父朝比爾住處走去，娜塔莉和塔西也在其中，兩人仍專注地交談。

懷疑的想法掠過我心頭。即使目睹了這一切，我仍舊十分懷疑人類是否真能授權給天使。

「你真的認為我們能召喚天使，請他們幫助我們和其他人嗎？」我問威爾。「我們真被賦予這麼大的力量嗎？」

「沒那麼容易，」威爾說：「事實上，滿腦子負面想法的人即使想嘗試這麼做，也是不可能做到的。除非我們完全與造物主的能量連結，有意識地將能量在我們到達之前便傳送出去，接觸其他人，否則這一切都不會奏效。如果其中有那麼一丁點自私或憤怒的念頭存在，所有的能量都會崩潰，天使也不可能有所回應。你明白我所說的嗎？我們是神在這個星球上的代理人。我們能肯定神的旨意，也保有對神的旨意的憧憬，如果我們確實與正面的未來站在同一邊，就會有足夠的禱告能量去指引天使行動。」

我點了點頭，我知道他說的是對的。

「你了解這一切了嗎？」他問：「這所有的資訊，就是第十一項覺悟。禱告能場的知識，將人類文化往前推進了一步。當我們了解第十項覺悟，了解人類生存在這個星球上的目的，是要藉著懷抱憧憬，創造出一個理想的心靈文化時，我們仍遺漏了某項訊息。我們不知究竟該如何維持這份憧憬；我們不清楚該如何運用我們的信心和期望，以及如何增強能量。」

他接著說：「現在我們知道了。香巴拉確實存在的事實，以及禱告能場的祕密，告知了我們這些細節。我們現在有能力保有對靈性世界的憧憬，並透過我們的創造力量創造出一個靈性世界。**唯有有意識地運用這種力量促進心靈進化，人類文化才能進展**。我們必須像聖殿的人那樣，有系統地設定我們的禱告能量，去影響所有的關鍵議題。媒體，尤其是電視，真正該做的，是要指出這些問題。我們必須注意每一次討論，每一場科學辯論，以及每個人在黑暗與光明間所做的掙扎，並且花時間使用我們的能場。」

他環視四周。「我們可以在全世界的小社區、教堂和朋友圈裡這麼做。但如果各個宗教的力量能結合成一股巨大統一的禱告能場，情況會是如何？目前這個能場是四分五裂的，甚至還被負面的禱告與憎恨所抵銷。良善的人讓自己的思想強化了邪惡的力量，因為他們認為這無關緊要。但如果情況改變了呢？如果我們設定一個前所未見的巨大能場，橫掃全球，提升了世界各地那些妄想獨裁集權、控制他人的陰險勢力，那又將如何？如果各行各業中，每一個改革團體都知道該如何做到這件事，情況又將如何？如果對這個能場的覺識擴張到這種程度，又會如何？」

威爾停頓一下。

「如果每個人都真的相信天使領域，」他繼續說：「也知道我們一出世就帶著授權給天使的能力，又會如何？沒有什麼情況是我們無法立即影響的。新的千禧年會大大不同於它現在的樣貌。屆時，我們將真正成為香巴拉的武士，贏得這場攸關未來的戰役。」

說完這些話後，他一言不發，神情嚴肅地看著我。「這就是我們這一代真正面臨的挑戰。如果我們失敗了，前幾代所有的犧牲都將付諸流水。我們可能無法度過目前正在發生的環境損害……或者那些控制者陰險的舉動。」

「重要的是，」威爾繼續說：「要開始建立一種有意識的思想網絡，把每一位武士結合起來……所有得知內情的人都必須與他身旁每一位有意願知道的人聯繫。」

我默然無語。威爾說的這番話，讓我思念起寅和每一位生活在中國暴政下的人民。寅還好吧？若非他鼎力相助，我是不會成功的。我把我的想法告訴威爾。

「我們還是找得到他，」威爾說。「記住，電視只是一種預兆，預示意念之眼所能達致的境界。試著找出他身在何處的影像。」

我點頭，試著讓思想一片空白，腦中只想著寅。但浮現腦海的，卻是張上校的臉。

我往後倒退，並告訴威爾發生了什麼事。

「回想寅剛清醒時的容貌，」威爾說：「在影像中尋找這個表情。」

我在腦中的螢幕裡找到了這個表情，突然間，影像的內容變成寅身陷囹圄，身旁到處是警衛。

「我看到寅了，」我說，同時延伸我的禱告能量，並授權給更高層級的天使領域，直到寅身邊的景物變得較為明亮。然後，我觀想著這道光芒擴散到所有監看他的人身上。

「想像寅身邊有一位天使，」威爾說：「……想像張上校身邊也有一位。」

我點頭，想著西藏人的慈悲心律則。

當我再次全神貫注在這影像時，威爾揚起眉頭，面帶微笑。寅會沒事的；西藏終將重獲自由。

這次，我毫不懷疑。

銘謝

在靈性意識的發展過程中，出現了許多位英雄。首先要特別感謝拉瑞・多賽（Larry Dossey），因為他率先將有關禱告與意念的科學研究廣為傳布。另外也特別感謝玫洛琳・許利茲（Marilyn Schlitz），她持續不斷地為「心智科學協會」（Institute of Noetic Sciences）推動人類意念領域的新研究。在營養學方面，我一定要褒揚席爾多・巴魯狄（Theodore A. Baroody）與羅柏特・楊（Robert Young）兩人所提出有關酸鹼性的研究。

就我個人而言，必須感謝亞伯特・葛登（Albert Gaulden）、約翰・溫斯羅普・奧斯丁（John Winthrop Austin）、約翰・戴門（John Diamond）、以及克莉兒・錫安（Claire Zion），他們每個人都再接再厲地為這部作品貢獻特殊心力。尤其要特別感謝莎兒・梅瑞爾・雷德非（Salle Merrill Redfield），她的直覺和信仰的力量，時時提醒著我奧祕的存在。

國家圖書館出版品預行編目（CIP）資料

聖境香格里拉：走入內心真我的潛能蛻變／詹姆士・雷德非（James Redfield）著；張琇雲譯 . -- 三版 . -- 臺北市：遠流 , 2019.03
面； 公分
譯自：The secret of Shambhala
ISBN 978-957-32-8477-2（平裝）

874.57 108002044

聖境之書 3

聖境香格里拉

走入內心眞我的潛能蛻變

作者／詹姆士・雷德非（James Redfield）
譯者／張琇雲

主編／林孜懃
特約校對／金文蕙
編輯協力／陳嬿守
封面設計／謝佳穎
行銷企劃／鍾曼靈
出版一部總編輯暨總監／王明雪

發行人／王榮文
出版發行／遠流出版事業股份有限公司
臺北市 100 南昌路 2 段 81 號 6 樓
電話／（02）23926899 傳真／（02）23926658 郵撥／ 0189456-1
著作權顧問／蕭雄淋律師
2001 年 05 月 01 日 初版一刷
2011 年 11 月 01 日 二版一刷
2019 年 03 月 01 日 三版一刷

定價／新臺幣 360 元（缺頁或破損的書，請寄回更換）

ISBN 978-957-32-8477-2

遠流博識網 http://www.ylib.com E-mail: ylib@ylib.com
遠流粉絲團 https://www.facebook.com/ylibfans

The Secret of Shambhala